OSHI NI SASAGERU
DUNGEON GOURMET
VOLUME_02

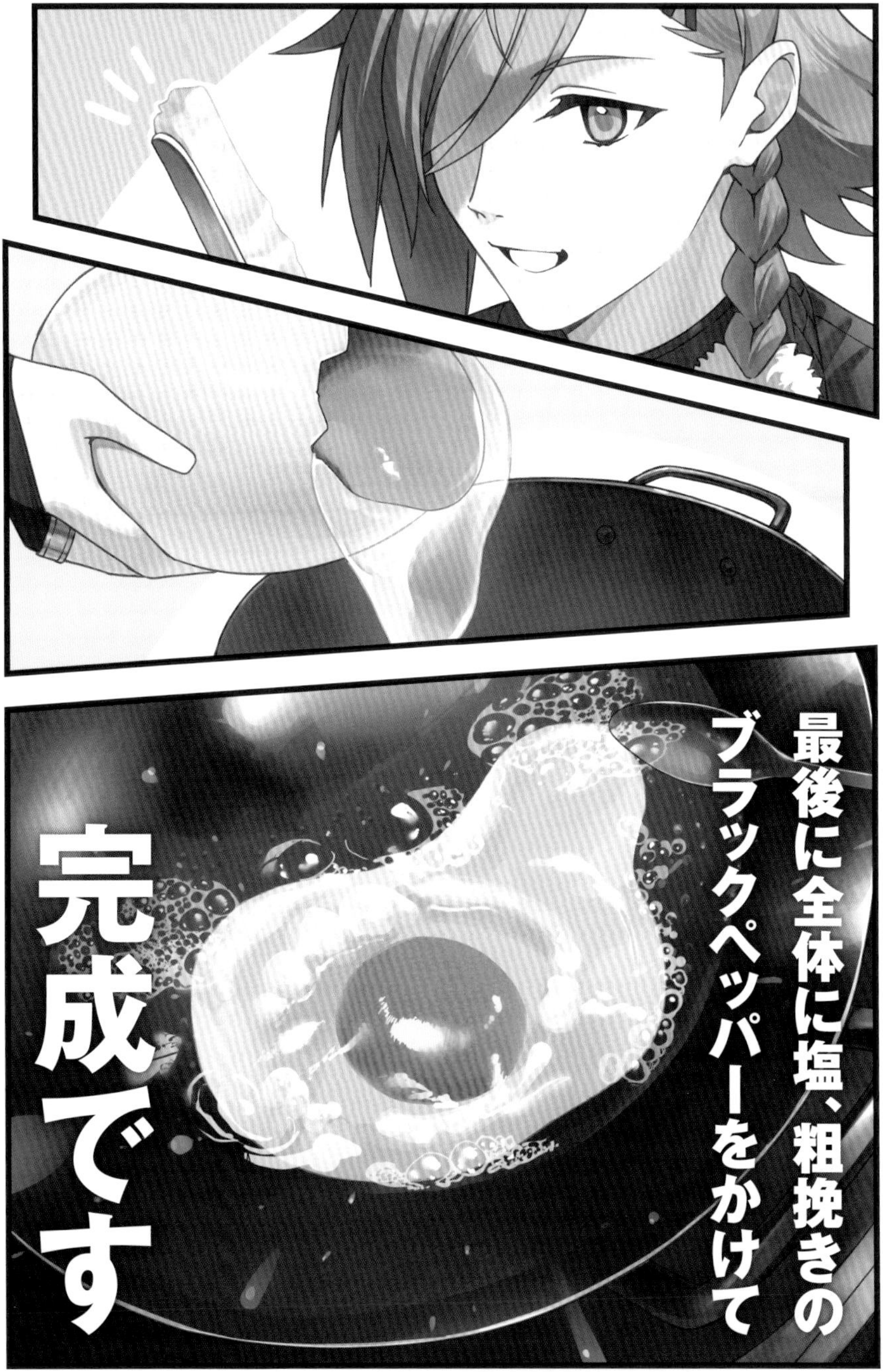
最後に全体に塩、粗挽きの
ブラックペッパーをかけて
完成です

はい、それじゃあね。
ちょっと
もたついたけど、

ゲストさんの紹介に移ります。
――まずはこの方！

「っ、……!!」

>OSHI NI SASAGERU DUNGEON GOURMET
推しにささげるダンジョングルメ 02
最強探索者VTuberになる

著：モノクロウサギ ／イラスト：クロがねや

contents.txt

CHAPTER 00

OSHI NI SASAGERU DUNGEON GOURMET
Volume_02

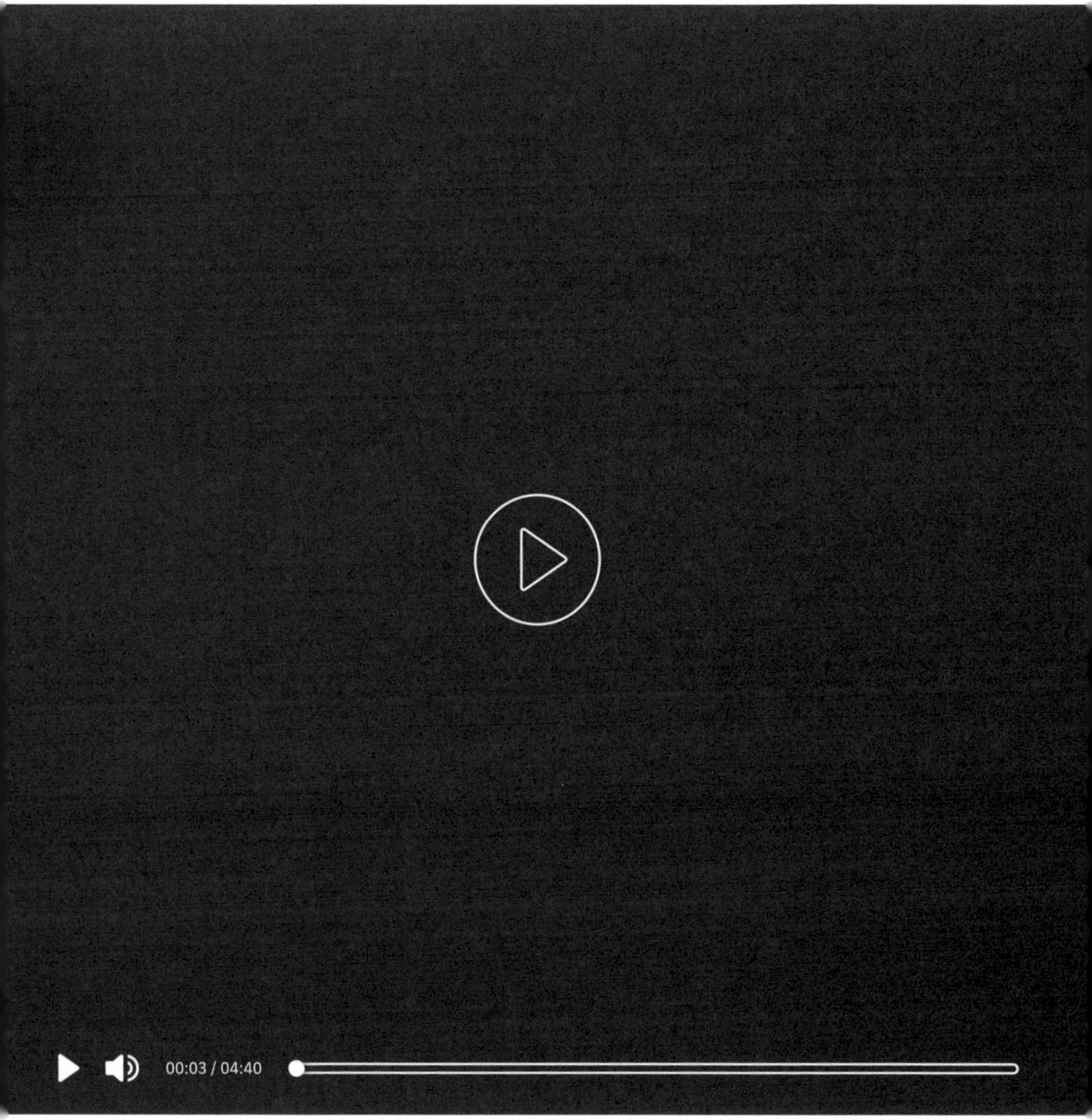

プロローグ

A strong explorer debuts as a streamer and
aims for a gourmet collaboration with his admirer.

CHAPTER 00

プロローグ

――最近、思っていることがある。料理配信ばかりって、ぶっちゃけVTuberとしてどうなのよ、と。

そんな考えから、徐々に頻度を増やしはじめた雑談枠。たまにダンジョンの話題を混ぜながら、今日も今日とてゆるーい感じで配信をしていた。

「そういえば話したっけ？　子猫君の名前、正式に『コネッコ』に決まったって話」

「ミャッ」

：いや聞いてないが？

：なんだその名前

：子猫じゃねーか

：ネコちゃん可愛《かわい》いでちゅね

：猫に猫って名前を付けるのは正直どうなん？

：シンプルに可哀想《かわいそう》では？

：名前は飼い主の自由ではあるけれど、流石《さすが》にそれは……

その途中、大きな声で鳴きながら子猫君が乱入してきまして。ちょうどよいタイミングでもあったので、雑談がてら子猫君の名前を報告したのだが。

「うーむ。分かってはいたけど不評ですなぁ」

……コメント欄から迸《ほとばし》る『えぇ……』という雰囲気。なんとも居心地の悪いこと。と言っても、我ながらこの名前はどうかと思っているので、反論の余地はないのだが。

「一応言っておくけど、これ俺も不本意なんだよ？　いやさ、暫定的に子猫君と何度か呼んでたら、それでうちの子が反応するようになっちゃって……」

「ミャウ！」

はい。証明のように元気な声で返事をしてくれましたね。えらいね、えらいね。いい子だから、ちょっとケージの中に……服に爪立ててまで抵抗すんじゃないよ。

「こらっ、登ってくるな……と、失礼。こんな感じで、子猫を名前だと認識しちゃったわけですよ。再教育するにも、猫飼い素人には難しいし、子猫って俺が言うと全力で鳴くか駆け寄ってくるから……」

「ミャァ」

はいはい。分かったから、襟首から服の中に入ってこようとするのは止《や》めなさい。あと地肌の部分を舐《な》めまくるのも勘弁してくれ。……なんでこんな甘えん坊になったのかねぇ？　引っ付いてきすぎて、猫かどうかも疑わしいレベルなんだけど。

「そんなわけで、気に入ってるっぽいものを変えるのも可哀想だから、仕方なく正式採用した感じです。さすがにどストレートに子猫だといろいろ紛らわしいから、『コネッコ』って反応できる程度には弄《いじ》ったけど」

「ウミャミャ……」
「シャツの中で寛《くつろ》ぐのやめれ」
：わりと切実な理由だった
：飼い主が可愛い連呼しすぎて、ペットが名前を『可愛い』と思い込むやつかw
：シンプルに草
：だから動物相手に仮名をつけちゃアカンのよ
：とりあえず、ラブラブそうだから安心した
：まあ、うん。ネコって種名も、人間が勝手につけたものだからね……
：エグいぐらいに懐いてるな
：コネッコ君にとって、山主《やまぬし》は大好きなパパなんだね
いや本当、子猫を弄ったのはせめてもの抵抗なんですよ。コネッコ君からすれば関係ないんだろうけど、ネコにネコって付けて許されるのはフィクションのなかだけだし……。
呼んでてペットって感じしないし、外聞もわりと悪いので、正直かなり渋い顔して決めてたり……。
てか、リスナーとはいえ、知らない人にラブラブとかパパとか言われるのキツイな。なんかゾワッとする。
「まあ、コネッコ君についてはこんな感じかなー。じゃ、この甘えん坊をケージに突っ込んでくるので、ちょいとお待ちを。シャツの中で眠られるとシンプルに困る」

完全に人のシャツの中で根を張る勢いだけど、そんなことはさせません。寝るのなら自分のベッドで寝てくれ。配信に支障が出る。

とりあえず、ケージに突っ込んでから少量のオヤツでも与えとくか。わりと単純な子だし、それで誤魔化されてくれるだろ。

「――はい、ただいま。いやぁ、やっぱり生き物飼うって大変よねぇ……。ケージに戻したら不満そうに鳴かれちゃったよ」

：おかえり

：別に一緒に配信してくれてもええんやで

：にゃんこの声は癒しじゃ

：寂しいんじゃない？

：完全に子育てに苦労するパパで草

：動物は人間の都合を考慮してくれないからなぁ

：お猫様に逆らうとは何事じゃ

いやだって、構いすぎて分離不安とかになっても困るし。ネット知識だけど、現状ですらわりとアウトな気配がしてるのに、これ以上悪化されても困るし……。適度な距離って大事だと思います。

「まー、最終的にオヤツに夢中になってたし、そこまで気にする必要もないでしょ。飼い主よりも食い気だよ。動物ってそんなもんだよ」

そんなこんなで、コネッコ君の話はこれで終了。引っ張ってもアレなので、ささっと次の話題に移りましょうか。

「あー、そうだ。コネッコ君繋《つな》がりで思い出したんだけど、マカロンでコラボにまつわる質問が結構きててさ。特に多いのが『この人としてください！』ってやつなんだけど」

なお、『この人』の部分に当てはまるのは主に色羽仁《いろはに》さんで、さらに言うならライブラとのコラボが望まれてたり。

いやさー、少し前のウタちゃん騒動以降、ライブラとのコラボに対する問い合わせが増加してるんだよね。なんか、いろんな意味で期待されてるらしくて。

俺は俺で雷火《らいか》さんや、天目《てんもく》先輩とのコラボを終えて、他のデンジラスメンバーとコラボ企画を進めながら、外部にも手を伸ばしていくフェーズだし。

実際、実現は可能だろう。ライブラ側は俺に借りがあるようなもんだし、なんだかんだでチャンネル登録者の数も近くなっている。

それに裏での交流も地味に増えている。一番多いのはやっぱりウタちゃんなんだけど、他のライブラメンバーともウタちゃん経由で知り合い、チャットを交わす仲にはなった。

まあ、ウタちゃん以外は業務寄りのやりとりだが、それでも話して沈黙が勝つほどの距離感ではない。

そういうこともあって、こちらから話を持ちかければコラボはなんとかなるとは思う。

ライブラは半分男子禁制みたいな事務所だけど、一部ゲームの大会とかでは男とコラボしてたりするし、そこまで過敏ではないはず。

　てか、そもそもそういう空気を出しているのは事務所ではなくファンサイドなので、正直ライバー側の心意気次第だろう。

「まあ、コラボに関してはおいおいって感じかなー。一応、積極的にいきたいとは思ってるんだけど、相手がなかなか見つからなくてね」

：そうなん？

：山主ぐらいのチャンネル規模だと、大抵が二つ返事だと思うんだけど
：それこそ、ライブラやばーちかるのライバーとだってコラボできるだろ
：普通に声とか掛かってそうだけど？

：なんか新人Vらしい悩み口にしてるけど、あなたチャンネル登録者数八十万オーバーよ？　男性Vのトップ層よ？

　ただまあ、だからと言って考えなしに動けるかと問われれば、首を横に振らざるを得ないのが新人の立場であるわけで。

「いや、結構大変なのよ？　なんてったって、俺とコラボとなるといくつかの選択肢が死ぬし。普通さ、コラボ配信だと一緒にゲームとかなんだろうけど、探索者って部分がどうしても足を引っ張ってねぇ……。仕方ないことなんだけど」

　反応速度の問題で、オンライン対戦系のゲームがほぼ全滅するし。ネタがないのがなかなかにネックだったりするのですよ。下手にこっちのチャンネル規模が大きくなった分、

やらかしたら相手方に大迷惑をかけかねんし。

まあ、あとは裏事情的な話になるんだけど。俺、デンジラスの中でも完全な稼ぎ頭となってしまったのでね。運営サイドもかなり慎重になっているのよ。

同じ事務所なら対応も楽だけど、外部となると一気に気を遣うからね。俺はVTuberとしても異色だし、そのあたりの事情を考慮せねばとなると、難しい部分もあるのだろう。

「まあ、やっぱりオイオイネ~って感じかなぁ。別に運営の許可した相手としかコラボできないとかじゃないけど、まだまだ俺も新人だしさ。二人三脚で進んだほうが確実じゃん？」

なんか妙にトラブルも寄ってくるし、俺自身もトラブル、厄ネタを多数抱えている身だ。

……いや、特ダネと言ったほうが正しいか？

まあ、ともかく。まだ運営側の手は借りておくべきだろう。何かあった時のために、何かやらかした時のためにも、責任を分散できる体制は維持しておきたい。

保険を用意しつつ、飽きられないよう定期的にネタを提供しながら、ライバー間での交流を増やしていく形が丸いか。

一足飛びでリーマンとのコラボを漕ぎ付けてもいいのだが、安易な目標達成は燃え尽き症候群に繋がりかねない。

未《いま》だに俺は新人なのだ。ならばしっかりとVTuber界に根を伸ばして、下地を整えてから臨むべきだろう。

CHAPTER 01

OSHI NI SASAGERU DUNGEON GOURMET
Volume_02

第一章　外部コラボのお話と、先輩とのコラボ

A strong explorer debuts as a streamer and
aims for a gourmet collaboration with his admirer.

CHAPTER 01

第一章　外部コラボのお話と、先輩とのコラボ

VTuberというものは、意外なほどに裏方の作業が多い。企画立案はもちろんのこと、サムネイルを作ったり、スケジュールを組んだり、配信によっては運営さんに利権関係を確認したり。

さらに人によっては動画編集や、歌、ダンス、ボイスのトレーニングなどが挟まったり、公式企画の収録があったりもする。

白鳥が水面下で必死にバタ足云々《うんぬん》とよく喩《たと》えられるが、実際に配信画面に映る姿というものは、VTuber活動の中のほんの一コマなのだ。

「んー……」

――まあ、長々と前置きしたけれど。つまるところ、現在進行形で裏方作業に奔走中です、はい。

「えーと、配信スケジュールはコレ。一週間分のサムネも作った。あとは……」

いやー、一般的な仕事とはまた毛色は違うけど、VTuberはVTuberで面倒ね。やっぱり仕事となると、こういう雑務から逃れることはできないか。

配信内容の特殊性から、わりと適当にやっている俺でさえこれなのだから、マトモなVTuberの方々は本当に大変だと思うよ。いやマジで。

「――ふぅ。やっと終わった。いっそのこと人でも雇うか？」

スケジュールとかはマネさんの領分だし、ものによっては部外秘の情報もあるのでアレだけど。サムネとかは一枚いくらで任せてもいい気がする。

いや、こういう細かい雑務、本当に好きじゃないんだよなぁ。高校卒業と同時に専業化したから、そういうデスクワーク的な作業はとんと縁がなくて。

専業に伴うアレコレは、玉木《たまき》さん経由で信頼できる弁護士やら税理士やらを紹介してもらって以来、ずっとその人たちにぶん投げてるし。

「VTuberでも似た感じでいきたいなぁ。金には困ってないし、投げられるところはどんどん投げるべきか……」

チャンネル登録者が爆増したこともあって、今後はどんどん忙しくなるはず。

ボイスとか、公式企画とか、グッズとか。パッと思い付くだけでもかなりの量だ。これらの業務が待ち構えているとなると、カットできる部分はカットしておきたいところ。

「んー、でもアレだな。ただ外注するのもつまらないし、ちょっと捻《ひね》った感じがいいなぁ」

切り抜きしてくれてるリスナー……いや、いっそのこと個人勢のライバーさんに頼むか？　いわゆるエンジェル的な感じにして。

これから伸びるか伸びないかのラインにいる個人勢は、バイトとかしながら活動している人とか普通にいるし。そんな人らが金銭的な事情で消えていくのは、一人のVTuber好きとしては悲しいところがある。

　ならばいっそ、見どころのありそうなライバーを抱え込んで、長く活動してもらうのもありな気がする。

「……いや待て。まだ甘いか？　サムネとかじゃなくて、もっと環境そのものを整える方向にしたほうが面白いのでは？　中途半端に済ませるより、話のタネになるぐらい突き抜けたほうがいいような……」

　どうせ資金なんか有り余ってんだし、この際思いっきりはっちゃけて、雑談枠のネタにしてしまえば一石二鳥か。ワンチャン無駄に終わったとしても、それはそれで笑い話というやつだ。

「そのへんはまたちょっと詰めていくとして。うし、あとは……ん？」

　作業の仕上げに取り掛かったところで、スマホから着信音が。確認してみたらマネさんだった。

「はい、山主《やまぬし》です」

『あ、葛西《かさい》です。ボタンさん、今お時間よろしいでしょうか？』

「大丈夫です。なにかありましたか？」

『はい。外部コラボの件で進展がございましたので、そのあたりのご連絡を』

「あー、決まりましたか。それはよかったです」

　てことは、ついに外部のライバーさんとコラボできるのか。いやー、デビューしてから長かったような、短かったような。

『本当にお待たせしました。ただでさえボタンさんにはご迷惑をかけているのに、ライバー活動を制限するような形になってしまい、誠に申し訳ございません』

「いえいえ。会社の名前を背負っている以上、利益を考えるのは当然ですから。全然大丈夫ですので、そんな謝らないでください」

活動を制限と言っても、別に大したことでもないしね。ただ運営さんにコラボ依頼の選定を手伝ってもらったら、ちょっと時間かかっちゃっただけだ。

自分で言うのもアレだけど、「山主ボタン」はデンジラスの期待の新人。そんな人物の初の外部コラボなのだから、できれば大成功を収めたいと考えるのが企業というもの。

ましてや、つい最近エグいトラブルに巻き込まれたばかりの俺である。どうにか炎上キラーパスは捌《さば》いたものの、火種が完全に消え去ったかと言うと微妙なところ。

で、ある以上、運営側が慎重になるのは当然。外部コラボとなれば尚更《なおさら》だろう。

『それでもやはり、私としては心苦しいものがあります。ボタンさんの目標を考えると、積極的に外部とのコラボはこなしていきたいでしょうし』

「あー。それはまあ、否定はしませんが」

なるほど。やけに気にしていると思っていたが、そういう理由か。

俺のVTuberとしての目標。最推しであるリーマンとコラボし、ダンジョン食材での料理を振る舞うこと。

当然、この目標はマネさん含めたデンジラス運営も承知している。だってオーディションの時に語ったから。

あの当時は、『いい目標ですね』と運営の人たちは笑ってくれた。何故《なぜ》なら、リーマンとコラボできるぐらい伸びる、伸びてみせるという宣言でもあるからだ。

運営側としては、これほど心強いものはあるまい。逆風が吹きまくっていた当時の状況で、自主的に掲げられる目標は決意の強さを示すことに他ならない。

そりゃ運営としても気合いが入るし、印象にも残るというものだろう。……だからこそ、決まりの悪さと胃の痛みが湧き上がってくると。

「と言っても、そこまで気にしてもないんですがね。別に急いでないですし。沙界《しゃかい》さんとのコラボは、腰を据えてじっくり進めていければいいかなと」

『そうなんですか？　てっきり急いでいるのだとばかり。その、私個人の印象だと、ボタンさんはかなり勢いのあるかただと思っていたのですが……』

「あはは。実際、猪突猛進《ちょとつもうしん》とはよく言われますよ」

俺が勢いで生きているのは間違いない。ただ勢いで生きるというのは最短ルートを突き進むという意味で、今回の場合は着実に進むことが最短だと判断したまでのこと。

「普通のコラボならともかく、俺の目標はオフコラボですしねぇ。となると、信用もやっぱりいるかなって。具体的には活動実績とか」

特に今の俺は数字だけ妙に膨れている状態だし。成績はよくても、ライバーとしての信用は他社の新人の域から出ないだろう。

本当だったら、数字と一緒に信用も稼ぐつもりだったんだけど、諸々《もろもろ》のアクシデントで数字だけ爆上がりしちゃったからなぁ。頭でっかちみたいなバランスの悪さがある。

『色羽仁さんの一件で、その辺りの信用は十分稼げたと思いますが……』

「いやー、人間的な信用と、コンプラ的な信用はまた別でしょう。現状、身内コラボしかしてない人間ですよ、俺は」

それもライバーとしてはキワモノ中のキワモノだし。なら、変に突撃してジリジリ距離を置かれるより、最低限の信用を稼いだほうが最終目標には近い。急がば回れってやつだ。

あとは普通に企業勢としての義務よね。ライバーなんて横の繋《つな》がりを広げてなんぼだし、名を背負わせてもらっている以上は利益を還元しないと。……それにリーマン以外にも推しはいるし、推しじゃなくても知ってるライバーさんとは絡んでみたくもあるし？

「ま、趣味と実益を兼ねて、楽しんでライバー活動に邁進《まいしん》していくだけですよ。なので本当にお気になさらず」

『……分かりました。では、コラボの資料をお送りしますので、確認のほどよろしくお願いいたします。日程的には、サンさんとのコラボが終わったあとになる感じです』

「あー、了解です」

あ、メールきた。えーと、なになに……【ソナタの宮殿～クセツヨ男子の座談会】とな？　あ、【此方《こなた》ソナタ】が定期的にやってる合同企画かコレ。

□□□

ささてさて。活動の幅を外部にも向けていく段階に至ったわけだが、だからと言って内部との交流を疎《おろそ》かにするのはナンセンスだ。

「――はい皆さんこんばんは！　デンジラスのスーパー猟師、山主ボタンです！　本日は前々から告知していた通り、先輩とのオフコラボとなっております」

「はいどうもー。デンジラス一期生、皆を引っ張る私はリーダー！　常夏《とこなつ》サンだよー！」

：サンちゃんだ！
：ばんわー
：きちゃぁ！
：待ってた
：ばんちゃ！
：待ち望んでたコラボだ

:楽しみ
:きちゃ
:わー!
:待ってました!

そんなわけでオフコラボである。お相手はデンジラスの一期生、天目《てんもく》先輩と並ぶ最古参ライバーたる【常夏サン】先輩だ。

「いやー、ようやく山主君とコラボできたよ。私の番がくるの、ずっと待ってたんだから」

「それは恐縮です。でもそこまでお待たせしてませんよね? 順番的には雷火《らいか》さん、天目先輩で、常夏先輩。三番目ですよ?」

「いやいや。私の前に三期生の皆とボールフィットやってたじゃん」

「あれは突発コラボという名の不意の遭遇なので……」

常夏先輩が挙げた配信は、雷火さんに強制連行された結果であってですね。

事務所で打ち合わせして帰ろうとしていたら、たまたま雷火さんと出くわし、三期生の先輩方とのオフコラボに巻き込まれたというのが真相である。

なお、件《くだん》のコラボに関しては、雷火さんと先輩たちにドン引きされたとだけ言っておく。人間として逸脱するレベルのフィジカルエリートに、常人想定のフィットネスゲームをやらせればさもありなんというやつだ。

「私もその場にいたかったなー。聞いたよ？　凄《すご》かったんだって？」
「そりゃまあ。基礎スペックからして違うんだから当然ですよ」
「3Dモデル用意できたらもう一回やらない？」
「いいですけど……」
「よっしゃぁぁぁ！」
「そんな喜びます？」
：草
：草
：相変わらずだなサンちゃん
：本当に運動とか好きよね
：草
：流石《さすが》はガチ陽キャ
：ライバーやる人種とは真反対なんよなぁ
：まあでも、山主の3Dは普通に見たい
：草
：見たいか見たくないかで言えば確かに見たい
：3Dはマジで待ってる
情報として知ってはいたが、こうして生で見るとアレだな。凄《すさ》まじく『陽』というか。

VTuberをやろうとする人種に思えない。端的に表現すればオタクらしくない。

実際、常夏先輩はガワこそおさげのオレンジ髪、赤目、オシャレジャージが特徴の後輩系ロリ巨乳キャラであるが、中身はゴリゴリの陽キャ。それも体育会系に属するであろう人種だ。

季節もあってか露出多めだし、髪は金髪でショートだし。体形こそ平均的ではあるが、最低限運動ができるレベルに筋肉がついていることは一目で分かる。

なんというか、全体的にエネルギッシュなのだ。スポーツ系の話題になっても、一切違和感を抱くことができないレベルで。……VTuberとスポーツって、そういうのを専門にしていない限りは縁が薄いイメージなんだが。

「いやね？　私、暇潰しでスーパープレイ動画とかを眺めてるタイプでさ。だから一回そういうのを生で見たかったんだ！　……だから今日とかちょっと楽しみにしてる。何か見れないかなって」

「配信の内容的に、包丁捌きとかでいいならこの後すぐにお見せできますが……」

「個人的には運動系がいいなぁ。もちろん、華麗な包丁捌きも期待してるけど」

「あ、はい」

話の流れ的には間違ってはないのだが、まさか本当にパフォーマンスの追加注文が入るとは。しかもなんて爽やかな笑顔だこんちくせう。

「えーと、それじゃあざっくり今回の企画の説明を。と言っても、前に雷火さんにやったのとほぼ同じなんですがね」
「ダンジョンのご馳走《ちそう》を振る舞うアレねぇ。いやー、なんか悪いね本当に」
「いえいえいえ。むしろこっちが申し訳ないぐらいですよ。雷火さんの時と比べると、思いっきりグレード下がってますし。特に常夏先輩の場合、以前に『一番高いの』とリクエストを頂いていたというのに……」
「全然いい。むしろそれでいい。アレは若気の至りだから忘れて」
：草
：ガチトーンで草
：そりゃそうよ
：草
：一般人からすりゃ当然というか
：若気の至りて笑
：無料《ただ》より怖いものはないって言うし
：普通は遠慮する
：草
：むしろ嬉々《きき》として貰《もら》いにいけるのはバケモノなんよ
：草
むぅ。そんなこと気にしなくて構わないのだが……。雷火さんにご馳走した後、マネさん経由で高すぎる食材はＮＧって通達されちゃったからなぁ。

まあ、ＮＧ出したのは運営側ではなく、雷火さんや先輩たちなのだが。振る舞う相手に拒否られたらどうしようもない。

どうにも高い食材を無料で振る舞われると、申し訳なさやらなんやらで精神的にキツイとのこと。嫌というわけではないが、日常的に振る舞われるのは逆に胃が痛いそうな。

せめて記念日でというのが、デンジラスメンバーの切実な感想らしい。……配信のコメントとか、表では全員強気だったのに。リクエストとかもしてたのに。

「てことで、本日はダンジョン食材の中でもメジャーに分類される食品。オーク肉を使った料理をご提供させていただきます」

「オーク肉！　わりと聞くやつだよね。……てか、普通に高級食材じゃない？」

「ダンジョン食材なんてそんなもんですよ。つっても、オーク肉はダンジョン食材の中じゃいっちゃん安価ですが」

「一番安いのに高級食材なのかぁ……」

「ええ。ダンジョン食材の中では一番流通しているオーク肉ですら、需要に比べると供給少ないですし。それでいて仕入れ難易度も高い。探索者が命懸けてる以上、値段もそれ相応になりますよ」

：ダンジョン食材は総じて高い
：そりゃ死と隣り合わせだしなぁ

：言ってしまえば最高難易度のジビエ
：そういう意味では、むしろオーク肉って安くね？
：ぶっちゃけ、オーク肉ってリスクとコストが割に合わんのよなぁ。だから流通が少ないんだけど
：獲得手段が原始的な狩りしかないからな……
：そもそもダンジョン潜って食材集めること自体が割に合わん
：命懸けだからこそ、根本的に供給不足

ダンジョン食材全般に言えることだが、流通に乗る前段階、すなわち入手の段階でリスクが発生するのがねぇ……。

ここで肝となるのは、コストではなく『リスク』が入手段階で乗るという点だ。リスクとは危険。つまりこの場合、脅かされるのは仕入れ担当たる探索者の命だ。誰だって死にたくはないし、命を懸けて皿に載せる以上は最大限の利益がほしい。

ダンジョン食材は高級だが所詮は食材。嗜好品《しこうひん》でしかない以上、得られる利益には限度がある。少なくとも、食材以外を狙った方が利益になるのは間違いない。

で、ある以上は、ダンジョン食材を狙うのは余程酔狂な探索者か、探索収入以上のナニカで契約している雇われ探索者のどちらかになるわけで。

結果として供給が少ない。そして供給が少ないために流通しない。流通しないから希少価値が上がって値段も上がるという悪循環……悪循環か？　まあともかく、そんなサイク

ルが形成されているのである。

「やっぱり危ないと高いんだねぇ」

「リスクに対してのリターンが少なきゃ、誰もやりたがりませんし。だからリターンを高くするためにコストが嵩《かさ》んで、晴れて高級食材の仲間入りってわけです」

「そういうもんかぁ。ダンジョン関係の動画とかだと、オークとかアマチュア向けって言われてたりするし、そこまで危ない感じはしなかったんだけどなぁ」

「あー」

常夏先輩の台詞《せりふ》に苦笑してしまう。今の台詞で、先輩が持っているダンジョン関係の知識がどんなものなのか把握できてしまった。

恐らくではあるが、そこまで熱心に視聴しているわけではないのだろう。スーパープレイ動画のように、純粋にその場面を見て楽しんでるタイプ。

その動画だけで完結している楽しみ方だ。スポーツとかなら、そういう動画から興味を持って、ルールとか技術とかまでを調べる人もいるが、常夏先輩はそうではないのだろう。

もちろん、それが悪いとは言わない。ただ一人の探索者としては、『アマチュア向けだから弱い』って勘違いは訂正しておくべきかなと思う次第。ちょっとした雑談にもなるし。

「そうですねぇ。常夏先輩的には、オークってどんなイメージですか？　動画とかで見たことあります？」

「え？　ああ、うん。見たことあるね。イメージって言うと……人型の豚？」

「まあ妥当なところですね。正確には豚じゃなく猪《いのしし》でしょうが。じゃあ、専業じゃないアマチュア探索者のイメージは？　身体能力的な意味で」

「えーと、身体能力的……山主君よりちょい下とか？」

「残念ながらハズレ。自画自賛になりますが、俺は最高レベルの上澄みです。付け加えると、有名な動画投稿者たちも上澄み側。アマチュア探索者の能力は、大体トップアスリートと同じか、それよりちょい上ぐらいでしょうか」

「え、そんなに⁉　探索者ってそんな凄いの⁉」

「ところがどっこい、探索者だとこれが全然凄くありません！」

「ええっ⁉」

：めっちゃ驚いてて草
：探索者ってアマチュアでもそんなレベルなん⁉

：探索者がスポーツ業界を出禁になる理由
：トップアスリートクラスとかマ？

：いや流石にそれはないでしょ。……ないよね？

：むしろ『それだけ』しかないんだよなぁ……

：めっちゃ凄いじゃん
：残念ながらそれじゃ足りないのである！

：やっぱり認識に大きな隔たりがあるな

：トップアスリートは凄い。それは認めるけど……
：アスリートレベルじゃ足りないって言ってるコメントがちょくちょくあって震えてる
：それで凄くないとか探索者マジかよ……

予想以上のリアクションが見れて大変満足である。なお、あくまで身体能力がトップアスリート並というだけで、運動センスは大多数のアマチュア探索者よりアスリートの方が上だ。

なので、アマチュア探索者のほうが優れているわけではない。そしてそれこそが、アマチュアがアマチュアたる所以《ゆえん》だったりする。

「トップアスリート並と言われると、確かにハイレベルっぽく聞こえるんですがね？　アスリートって枠組みは、あくまで人間を基準としたものなんですよ。ダンジョンだとそれじゃ足りない」

「……アマチュアレベルでも？」

「ええ。だって相手するのがモンスターですし。常夏先輩がアマチュア向けって認識してるオークだって、野生の熊より遥《はる》かに危険なんですよ？」

「そうなの⁉」

「そりゃそうですよ。獣のフィジカルで積極的に襲い掛かってくるんですから。しかも原始的な棍棒《こんぼう》とか装備して」

オークは人型の猪だ。サイズとしては成人男性ほど。これが一般人目線で何を意味するのかと言うと、シンプルに絶望である。

なにせ大型獣としての筋肉、分厚い皮下脂肪、強靱《きょうじん》な毛皮を持ちながら、道具を扱える程度の知能と器用さを兼ね備えているのだ。

それでいてモンスター全般の特徴として、人間を認識すれば容赦なく殺しにくる獰猛《どうもう》さと、致命傷を負ってもなお戦闘を続ける執念深さを併せ持つ。

古代の剣闘士は、剣でライオンを狩ってみせたそうだが……。ライオン以上に凶悪なモンスターが、人間のように武器を振り回して襲い掛かってくるとなると流石にね？

「トップアスリート程度の身体能力じゃ、どうこうできるわけがないんですよ。ダンジョンは夢がありますけど、現実でもありますから。成長途中の人間は普通に雑魚《ざこ》です」

「むしろその情報を聞いた今だと、何で探索者の人はオークとか倒せるの……？」

「知恵と勇気。あとはファンタジー的な不思議パワーで成長アシスト？」

「今さっきしたり顔で『現実』とか言ってたのに⁉」

「夢自体はありますからねー。実際、モンスターを倒していれば、すぐにトップアスリート以上の身体能力になるわけですし。愚直にダンジョン潜って、伸び悩んだら先進んでを繰り返せば強くはなりますよ」

まあ、大抵はその途中で心が折れたり、致命的なミスして大怪我《おおけが》するか命落とすかなのだが。

「まあ、ともかく。オークだってちゃんと強いし、しっかり危ないんですよ。少なくとも専業未満のアマチュア探索者たちにとっては。その辺はしっかりお知らせできたらなぁと、探索者兼VTuberやってる立場としては思うわけでして」

「……なるほど。迂闊《うかつ》な発言してしまい、申し訳ございませんでした」

「ああ、いや。あくまで雑談ついでの注意喚起なんで。そこまで真剣に受け止めなくて大丈夫ですからね？　探索者なんて自己責任の世界ですし、ネットの情報を真に受けた初心者がオークにミンチにされても、それはそいつの自業自得です。すべては実力不足が悪い」

「一ミリも大丈夫なところないよね⁉　なんなら今の台詞で正式な訂正文出すか悩むレベルだよ⁉」

：草

：急に怖いこと言うじゃん

：大丈夫じゃねぇんだよなぁ……

：怖いわ！

：草

：めっちゃサラッと言ってるぅ……

：アカンアカンアカン

：命が軽い

：やっぱり探索者ってなるもんじゃねぇなぁ

：自業自得で済ませていいんか……？

：このメンタルじゃなきゃ探索者できない、ってことぉ!?

　何故かドン引きされてしまった。そんなにアレなこと言ってるだろうか？　探索者に限らず、世の中なんてそんなものだと思うのだが。

「んー……ま、いっか。話が長くなりましたが、アマチュア向けのオーク肉が高級品なのも、相応の理由がありますよってオチでした」

「納得でございます。てか、そんなに危ないなら、もっと高くてもいいんじゃないの？」

「あー。そこは色々あるんですよ。散々危険性を訴えておいてアレですが、あくまでアマチュア探索者にとっては危険ってだけで、専業探索者なら普通に狩れますし」

　所詮はゲームで言うところの序盤の敵。企業が契約するレベルの探索者なら余裕で狩れるぐらいの強さしかないので、値段もそこまで高くはならないのだ。

「あとはダンジョンの上層で出現するから、オーク自体の希少性が皆無。家畜と違って育成コストがゼロかつ、絶滅の心配が皆無で比較的量を確保しやすい。こんな感じの理由が積み重なって、ブランド豚ぐらいの値段に落ち着いてるっぽいんですよね」

「なるほど！　物事にはちゃんと理由があるんだねぇ」

「大抵が世知辛い内容だったりしますけどね」

　なるべくしてなっていると言うべきか。それとも夢も希望もないと肩を竦《すく》めるべきか。なんとも微妙なところである。

「さてと。それじゃあ前置きはここまでとして、実際にオーク肉を食べてみましょうか」

「待ってました！　……ちなみにどんなメニューの予定で？」

「そうですね。今回は事務所のスタジオですし、用意したオーク肉もバラのブロックだけで、あんまり凝った品はできそうにないんで……」

説明しつつ、事前に用意していた食材と道具を、空間袋の中からポイポイと取り出していく。

内訳としては、オーク肉のバラブロックが約五キロ。スーパーで買ったカット野菜がたくさん。豆腐もたくさん。出汁《だし》用の昆布。水。調味料各種。足りなければ適宜補充。あとはデカイ鍋やガスコンロや食器とかかな。

「メニューは『しゃぶしゃぶ』にしようかなと。お手軽で美味《おい》しいですし。……若干季節外れな気もしますが」

時期的には六月も見えてきたぐらいなので、鍋物を素直に喜べるかは微妙なところ。

……でも工程的に楽だから仕方ない。

「しゃぶしゃぶ！　私は好きだし、全然ありだよ！　それにまだ肌寒い日もあるからね！

……それはそれとしてお肉多くない？」

「それはよかった。じゃあ、チャチャチャッと準備しちゃいますね。肉は一応、事務所のスタッフさんたちへの差し入れ分も込みです」

：しゃぶしゃぶかぁ

：また美味《うま》そうなものを
：外出先で食べたりするし、あんまり季節とか気にせんでもええと思う
：贅沢《ぜいたく》やのぅ
：スタッフの歓声が聞こえるｗｗｗ
：豚しゃぶやん裏山
：差し入れが豪華すぎる
：絶対美味いやんけ
：なんて羨ましい
：マジでデンジラスのスタッフになりたい

ふむ。どうやら悪い選択ではなかったようだ。思っていたより反応がいい。

内心で頷《うなず》きつつ、並べた食材をスマホでパシャリ。ＳＮＳに投稿して共有。やはり調理前の状態を見せたほうが楽しかろう。

ちなみに今回の配信は、ちょっと趣向を変えたスタイルになっている。今日は事務所のスタジオでの配信だし、メニューもしゃぶしゃぶ、鍋物の一種で極めて簡単であるため、スタッフさんに調理を任せる形にした。

アレだ。たまに他のVTuberの人たちもやってる形のやつ。スタッフが作って、その映像が配信に流れるやつ。

俺一人なら気にしないが、コラボとなるとそうはいかないし。かと言って、映像はやは

りあったほうがいいしで、試行錯誤の一環としてこの方式を取ってみた。

自分で肉をしゃぶしゃぶすることがしゃぶしゃぶの醍醐味《だいごみ》ではあるのだが、今回はまあ仕方ないだろう。

そんなわけで、今日は大半の作業がスタッフさん任せとなっている。俺のやるべきこととしては、しゃぶしゃぶ用の薄切り肉を準備するぐらいだろうか？

「じゃあ、スタッフさんお願いします。俺はこっちで肉をスライスしてるんで。あ、もう一つの鍋はそっちで使ってください。暇な人から摘《つま》んでいく形でお願いします」

了承の声が返ってきたので、作業に取り掛かる。包丁ヨシ、まな板ヨシ、大皿ヨシ。あとは衛生のためのゴム手袋ヨシ。

「お？　スーパープレイのお時間かな？」

「そうなりますかね？　ま、少しばかり大仰にやりましょうか」

まずやるべきは分割か。このままじゃ一枚が大きくなりすぎる。デカイ肉はロマンだが、うどん並の長さの肉となるとさすがに食べにくい。

てことで二分割。半身はそのままスタッフさん用にしておこう。もう半身を二人だけで消費するわけではないが、分かりやすい目安として。

で、お次はスライスだが……盛り付けはどうするか。人に振る舞うものだし、雑にやって見栄えが悪くなるのは良くない。あとミリ単位の厚さとなるので、下手に積むと肉と肉が引っ付いて食べる時にボロボロになる。

常夏先輩を満足させられるパフォーマンスもしなきゃだし、やはり雑にやるべきではないな。

「仕方ないか」

ここは多少速度を犠牲にすることになるが、刺身形式でいくか。切って横にズラしていくやつ。魚とは勝手が違うが、まあいけるだろう。

えーと、確かこうスッスッスッと。で、数が溜《た》まったら包丁を下に入れて皿に移して……。

「おー！」

「あらいい反応。いつもより地味だと思うんですが」

「いや、これも凄いよ！　職人みたい！　……あと正直、山主君の料理ってちょくちょく何やってるか分かんないし」

「あー……」

ご尤《もっと》もな感想を貰ってしまった。確かに一瞬で切ったりしてるからなぁ。見た目は派手だが、速すぎて見えないと言われたらその通りとしか。

まあ、この辺は好みもあるか。派手な結果だけをひたすら求めるか、派手さは減るが過程も楽しめるようにするかの違いだろう。

どっちが優れているって話でもないが、それはそれとして後者をちょっと取り入れてもいいかもしれない。

「んー、でもやっぱり遅いか」

「え、そうかな？　めっちゃスムーズにできてると思うけど。それでいて丁寧」

「お褒めにあずかり光栄ですが……。このサイズの肉をミリ単位でスライスするとなると、この方法はちょっと効率が悪すぎますね。少しやり方を変えましょう」

方向性は悪くないとは思うんだが、如何《いかん》せん無駄な工程が挟まりすぎている。もっと簡略化できるはずだ。

参考にするのは機械だ。こう、肉を持ち上げた状態で固定して、落下地点を上手《うま》く調整しながらスライスして……。

「あ、やっぱりコレだ」

「何か凄いことやってる⁉」

肉が綺麗《きれい》に落ちていく光景に、正解を引いたと確信。これなら一気に効率的になるぞ。

シュパパパパと包丁を振り続け、ある程度溜まったら皿に移す。それを何度か繰り返し、気付けばスタッフさんたちの分までスライスし終わっていた。

「こっちは終わりましたー。鍋のほうは……あ、大丈夫そうですね。じゃあこれ肉です。お願いします」

「お、おう……。色々凄いことは知ってたけど、生で見ると本当に凄いな山主君。お肉の写真撮っていい？」

「どうぞどうぞ。ついでに写真をツイートしてくれると助かります」

「そうだね。じゃあ、元の状態の写真と並べる形でやっとくよ。そっちのが分かりやすいし」

：ツイート見てきた。めっちゃ肉あった

：この短時間であの量素手で切ったとかマ？

：機械じゃん

：エグくて笑う

：人力スライサーやんけ

：ちゃんとお店みたいな盛り付けされてた……

：生で見たかった

：売り物みたい

：凄い

：そもそもミリの薄さを包丁で出すってなんなん？

：なんでお店が機械使ってやってることを、軽々人力で実現してるんですかねぇ……

　やはりあのやり方は間違っていなかったらしい。リスナーたちのコメントからもそれが察せられる。

　とりあえず、これで常夏先輩のオーダーもクリアできたと考えていいだろう。となれば、あとは料理が完成するのを待つだけだ。

「あー、出汁の匂いがしてきましたね。準備は……完了したみたいです。それじゃあ、

しゃぶしゃぶお願いしまーす」

「お願いします！　あ、山主君タレって何ある？　ポン酢あったら嬉しいんだけど」

「ありますよ。常夏先輩もポン酢派ですか」

「『も』ってことは、山主君も？」

「もちろんポン酢が一番好きです」

「「……」」

無言で握手。ガシッて音が聞こえそうなぐらい固いやつをした。

「あと一応、白米も用意はしてますけど。いりますか？」

「いるよ！　いるに決まってんじゃん！　山主君は分かってるね!!」

「じゃあそっちも出しますねー」

空間袋から炊飯器をポイちょ。炊き上がってすぐに袋に放り込んだので、炊飯器の中の米はホカホカ炊き立てである。……補足すると品種はお高いブランド米だ。

てことで、炊き立てご飯とポン酢ダレという布陣が完成。これだけでも十分に素晴らしい状態だが……。

「飲み物はどうしますか？　――お酒もありますが」

「……っ、いいの？」

「俺はいいと思いますよ。スタッフさんも……あ、苦笑しながら丸作ってますね。お好きにどうぞ、だそうで」

「……種類は？」

「ビール、ワイン、ウィスキー、日本酒など。それぞれ適当に買ったので銘柄は憶《おぼ》えてないですが、いろいろありますよ」

「……芋焼酎は、ありますか？」

「あったはずです。えーと、濡鴉《ぬれがらす》の金ラベルだっけ？」

「っ⁉　それ、それっ！　美味しいやつ！　高いけど美味しいやつ‼　いいの⁉　それ選んでいいの⁉」

「全然大丈夫ですけど。にしても、凄い食いつきますね。お酒好きなんですか？」

「大好きです‼」

：なんて会話してんだ

：桐《きり》の箱に入ってるやつだ

：大好き助かる

：助かる

：芋焼酎とか渋い趣味してんな

：濡鴉とかめっちゃいいやつやんけ！

：一本二万ぐらいする芋焼酎やん

：大好き助かる

：大好き助かる

：草
：サンちゃんお酒好きよねー
：食いつきが凄い

なんという満面の笑みだろうか。雷火さんと違って成人してるから、と念のため訊《たず》ねた結果この反応か。どうやら俺の予想以上に、常夏先輩は酒好きらしい。

あとは銘柄もよかった。値段についてはちゃんと憶えていないが、コメント曰《いわ》く二万ぐらい。一般的には十分に高いと呼ばれる価格帯ではあるが、同時にご褒美や贅沢という名分で手が届く範囲でもある。

値段に戦慄するほどではなく、ご馳走されるとなると遠慮と喜びがせめぎ合い、ギリギリ後者が勝つぐらいの絶妙なライン。

特に常夏先輩の場合は酒好きで、なおかつ口ぶりからして経験済み。だからこそ、本能的に飛びついてしまったのだろう。

「ではお酌させていただきますね。氷はいりますか？」

「ストレートで。いや本当は、最初はビールで乾杯がベターなんだけど、さすがに濡鴉となるとしっかり味わいたいし。余計なお酒はなしで風味をしっかり感じたいからさ。いろいろと申し訳ないとも思ってるんだけど、貰えるのなら貰いたいし最高の状態で楽しみたいからね？」

「凄い早口で何か言ってる」

言い訳らしきものをつらつら吐き出している常夏先輩に、ついつい苦笑してしまう。そんなに好きなら、前のリクエストの時に酒を頼めばよかったのに。

まあ、タガが外れることを懸念したのかもしれないが。そもそもリクエストも全体的に立ち消えになったし。

ともかくだ。布陣については完璧なものとなった。飲み物談義をしてる間に肉の調理も終わったようで、あとはもうタレに付けて食べるだけだ。

「んじゃ、乾杯しちゃいましょうか」

「そうだね。山主君はビールなんだ」

「ですねー。では、音頭取らせていただきます」

「お願いします！」

「了解です。――乾杯！」

「乾杯!!」

：かんぱーい！

：しゃぶしゃぶの映像マジで美味そうだった

：食べたいわぁ

：濡鴉とオーク肉のしゃぶしゃぶとかマジ高級御膳やん

：ええなぁ

：ああ、腹が減る

：羨ましい
：裏山
：しゃぶしゃぶ今度やろうかな……
：飯テロやんこんなん
：オーク肉ポチろうかなぁ

では、ビールをグビリと一口。……かぁぁ！　やっぱりこれよねぇ。この喉越し！　このキレ！　乾杯はこうでなくちゃ！

対して、常夏先輩は非常に静かな立ち上がりだった。グラスを傾けたあと、目を瞑《つぶ》って静かに舌の上で転がし、ゆっくり喉の奥に運んでいる。そして最後には、はふぅと色っぽい吐息で〆《しめ》。

「……ふぅ。ああ、最っ高。もうコレだけで今日は満足かも」

「ちょっとー？　常夏先輩、まだメインを一口も食べてないのに満足しないでくださいよ」

「いや、そうなんだけどさぁ。それぐらいこの濡鴉が美味しいんだよ……！　この一杯で私は三日徹夜できる！」

「酒カスの台詞ですよそれ」

そして決意が生々しい。三日徹夜とか本当にできそうだし、やりそうだしで勘弁してほしいのだが。

とは言え、好きな物に浸っているのだ。あまり邪魔するものでもなかろうと、小言は最低限で切り上げる。せっかくの食事の席であるし、ペースは人それぞれだ。

なので、俺も一足先にしゃぶしゃぶに手をつけることにする。俺用に取り分けられた肉をポン酢の中に放り込み、しっかり絡める。

で、一度白米の上にワンバウンド。多少行儀が悪いが、これが本当に美味いのだ。

さあ、儀式は終わった。そんなわけでパクリと一口。まずはシンプルに肉だけを楽しむ。野菜はあとだ。

咀嚼《そしゃく》。咀嚼。咀嚼。そして追い込むように白米をかき込む。これでいい。これがいい。

「……ふぅぅぅぅ。うめぇなぁ」

じわりと広がる肉の旨味《うまみ》。ほのかに甘く、それでいてしっかり濃厚な脂の深み。そして最後にすべてを洗い流し、さっぱりとした爽快さを運んでくるポン酢の酸味。

なんと美味いことだろうか。なんと食欲が刺激されることだろうか。ここに名脇役たる白米を加えると本当に堪《たま》らない。

がっつきたくなる程に美味い肉。だが薄切りであるが故に感じる食いでのなさを、白米が見事にカバーしている。米が宿す上品で控えめな甘さが、肉の旨味を相乗効果で引き上げているのだ。

ダンジョン食材は、深い階層でドロップする物ほど美味くなる。これは紛れもない事実だ。

だが同時に、浅い階層の食材ですら十分以上に美味いのだ。このオーク肉はそれを教えてくれている。

「……んー！　んー！　これすっごく美味しい！　超美味い!!」

歓声が聞こえた。どうやら常夏先輩もしゃぶしゃぶに手を出したらしい。感想については訊《き》くまでもない。てか訊かなくても勝手に喋《しゃべ》ってる。

「凄いよこれ！　一瞬でなくなった！　口の中で溶けた！　高いお肉だこれ！」

「実際に高い肉なんですよそれ」

「美味しい！　美味しいよこのしゃぶしゃぶ!!」

「語彙力消えました？」

：草
：草
：本当に美味いんやろなぁ
：オーク肉はガチで美味いよ
：高いお肉は美味いのだ
：草
：脳みそ溶けてますねこれは
：食べたことあるから分かるけど、マジで美味いからなオーク肉
：ええなぁ

：これは草ですわよ
：食レポ下手か

目をキラキラさせて肉をパクついているところ悪いのだが、もう少しコメントなんとかならなかったんだろうか……。

いやまあ、常夏先輩って体育会系らしいカラッとした……端的に言うと若干バカっぽいキャラなので、これはこれで間違ってないのだろうけど。

イメージとしてはアクティブでアウトドア派な雷火さん。正確には雷火さんがインドア寄りの常夏先輩なんだろうけど、それはさておき。

重要なのは、常夏先輩が俺の同期と似ている点。そしてその既視感のせいで、うっかりぞんざいに扱ってしまいそうな点である。

「いや本当に美味しいねこのしゃぶしゃぶ！　これで最低ランクとかダンジョン食材ヤバくない⁉　ハナビ大丈夫⁉　味覚破壊されてたりしない⁉」

「大丈夫だとは思いますよ。……多分」

ちょっと確証はないけど。ただ前会った時は普通そうだったし、チャットとかでも文句とかはなかったから……うん。

てか、一番頻繁に食べてる俺が大丈夫なのだから、雷火さんだって大丈夫だろう。多分、きっと、メイビー。

「あとアレだね！　こうして食べてみると、一花《いちか》にちょっと悪い気がしてくるね！」

「あー。ちゃんと計画立ててコラボしたなかだと、天目先輩だけダンジョン食材食べてませんしね。まあ、振る舞おうとすればいつでもイケますし、天目先輩は性格的にそういうの気にする人でもないと思いますよ？」

「それはそう。じゃあいっか！」

「納得が早い」

一瞬で殊勝な意見を脇に追いやった挙げ句、再びしゃぶしゃぶと芋焼酎に夢中になった常夏先輩。本当に脳が溶けた疑惑が出てくるので勘弁してほしい。

まあ、気に入っていただけたようでなによりだ。あとは食事に集中しすぎて放送事故にならないよう注意しながら、上手いこと配信を回していくとしよう。

CHAPTER 02

OSHI NI SASAGERU DUNGEON GOURMET
Volume_02

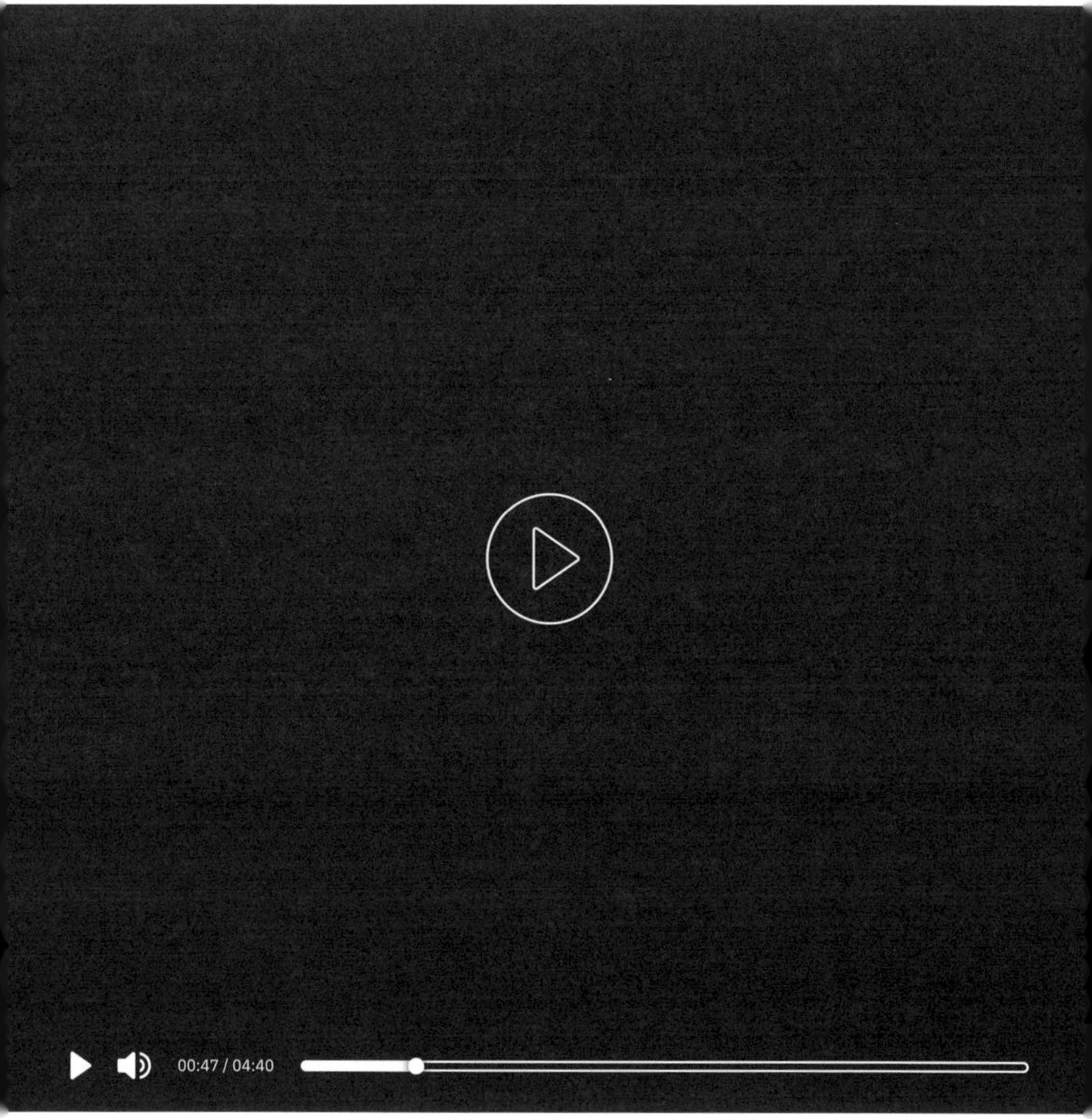

第二章　祝、初外部コラボ

A strong explorer debuts as a streamer and
aims for a gourmet collaboration with his admirer.

CHAPTER 02

第二章　祝、初外部コラボ

常夏《とこなつ》先輩とのオフコラボから数日が経《た》ち。ついに本日、外部ライバーとの合同コラボ企画が開催されることとなった。

「――あ、あ、あー。……はい、皆さんコンソナー。ぶいビット所属の此方《こなた》ソナタでーす。今日もソナタの宮殿、やってくよー」

：コンソメー
：コンソメー
：コンソメー
：コンソナー
：こんそめぇ
：待ってた
：コンソメー
：コンソメ
：きちゃぁ

そんなこんなで配信開始。まずはチャンネル主かつ、今回の合同企画のＭＣを務める此方さんが挨拶。

その後、流れるようなスムーズさで企画説明に入る。……と言っても、ソナタの宮殿は彼女の恒例企画なので、説明はかなりザックリだが。

「たくさんのライバーさんを集めて、事前に送った質問をもとにわちゃわちゃ騒ぐこの企画。そして今日のゲストは、VTuber界でもクセが強いと言われるメンズ四人でございます！」

事前の打ち合わせでは、ここでミュートを解除とのこと。そのまま自己紹介に入る流れとなっているので、その通りに行動する。

「あ、あー。えっと、もう喋《しゃべ》っても大丈夫ですか？」

「ソナタちゃん、大丈夫かな？」

「はい、大丈夫よー。……あれ他の二人どした？」

：山主《やまぬし》さんきちゃ！

：ネズちん！

：こんばんはー

：おっと？

：四人じゃなくね？

：鳥羽《とば》とアイアン音入ってないな

：ミュートか

：草

：おやぁ？

：またお前か鳥羽ァ!!

：早速トラブルかい
：まさかの初手ミュート
おっと。どうやら初っ端《しょっぱな》からトラブルのようだ。些細《ささい》と言えば些細だけど、コラボ相手の内の二名が反応なし。共有画面越しに映るコメ欄もザワついている。

「んー、ちょっと待ってね。おーい、鳥羽！　アイアン君!?　マイクがミュートになってない？」

しかしながら、此方さんは微塵《みじん》も慌てることなく、冷静に確認作業に入ってみせる。

……まあ、初手ミュートなんてよくあることなので、そこまで慌てるようなことでもないのだけれど、それでもこの動きの速さはさすがだと思う。此方さんが所属している【ぶいビット】は中堅クラスの企業であるが、此方さん自身はかなり早い段階で活動していたベテランVTuber。

MCとしての実績も膨大で、様々な企画を通して培われた対応力とトーク力を武器にしているだけはある。

配信者側にいるからこそ分かるのだ。慌てず騒がず。配信画面では平然としつつ、その裏の企画用グループチャットではテキパキと状況確認に動いていることが。……場数の違いが感じられて、素直に感心してしまう。

「……さぁせん!!　エグいタイミングでマウスの充電切れました！　大丈夫です！」
「あー、はいはい。アイアン君は大丈夫そうだね。あとは鳥羽か。何やってんだか」
「……あ、あー。スマンスマン。ちょうど宅配が来ちゃったわ。そっち対応してた」
「何やってんだ鳥羽ァ！　お前もうベテランだろうが！　配信時間に宅配頼むなや！」
「ゴメンナサイ！　渋滞で遅れてたみたいなんですぅ！」
「次はねぇぞテメェ」
：草
：相変わらずの姉御節
：ドスが利きすぎてんだよなぁ
：アイアン……
：鳥羽も鳥羽で適当すぎる
：うーん。これはクセツヨ
：アイアンは安定の不憫《ふびん》
：まだ新人判定のアイアンはともかく、鳥羽は最古参寄りなんだよなぁ
：配信初心者かな？
：草ですわよ
うーん、この多人数コラボ故のわちゃわちゃ感よ。この感覚が堪《たま》らない。画面越しで眺めていた世界に、自分が交ざっているのだと実感できる。

特に今回のコラボ相手である此方ソナタ、根角《ねずみ》チウ、鳥羽クロウの御三方《おさんかた》は、プライベートで配信を観《み》たことあるぐらいには有名なVTuberだ。メインで追ってなくても、今回のような合同企画で目にすることは何度もあった。

そんな人たちとこうしてコラボできるのだから、最終目標を抜きにしても、デビューしてよかったと思える。

リスナーという『その他大勢』の中から飛び出して、ちゃんとした個人として認識されていることが実に嬉《うれ》しい。つまるところ、優越感でドヤってなってるわけだ。

「はい、それじゃあね。ちょっともたついたけど、ゲストさんの紹介に移ります。――まずはこの方！　女の子より可愛《かわい》いと評判！　ライバーすら惑わす魔性のバ美肉《びにく》！　個人勢の根角チウちゃんです！」

「はいはーい！　みんなこんばんはー。バーチャル美少女おじさんの、根角チウでーす！　今日もいっぱいお話ししようねぇ」

：可愛い

：可愛い

：これは女の子

：おじさんを自称するロリ

：俺は知ってるんだ。ネズちんはガチ恋されるのを避けるために、バ美肉を名乗っているリアル女子だってことを

：チウちゃん今日も可愛いねぇ
：こんなに可愛い子がおじさんなわけがないんだ
：ついてる方がお得だろうが
：可愛い
：おじさんだからええんやで

……相変わらず気持ち悪いな、根角さんが出た時のコメ欄って。あ、罵倒じゃなくて、いい意味での感想だけど。

実際、配信での根角さんってマジで可愛かったりする。下手な女性ライバーより女子力も高いし、ガワもコッテコテの美少女だし。バ美肉を公言してるのに、ガチ恋勢がいるのも納得できるクオリティだ。

なんだろうね？　男だからこそ、男のツボをしっかり理解しているというか。仕草の一つ一つがやけに魅力的なんだよなぁ。『こういうのが好きなんでしょ？』のフルコースみたいな？

ちなみに打ち合わせの時にチラッと確認したけど、ガチで成人男性とのこと。付き合いの長い此方さんや鳥羽さんが、乾いた笑みを浮かべつつ証言してくれた。

「次はこの人！　同じく個人勢で、ダメンズ枠での参加！　ガチャや競馬、パチンコで毎月一度は金欠&焼き鳥になっている生粋のギャンブラー、鳥羽クロウ！」

「はいどうも、こんばんはー！　取り立てから逃げるために闇に紛れる一羽の烏《からす》。宵越しの銭は持たない主義の鳥羽クロウです」

：これはカス
：ダメンズは草
：パチンカスって言われてるぞ鳥羽ァ！
：否定できないのが本当に草
：ひっでぇ紹介だ……
：闇に紛れたところで、定期的に焼き鳥になるのでバレるという
：草
：仕方ない。見つけるために燃やすか
：どうだ明るくなっただろう？　U炎
：胸を張るところじゃない
：少しは恥じれ
：なんで堂々とできるんですか？
：草

こっちはこっちで、相変わらずのコメ欄である。古参のライバーだけあって、ノリが確立しているとも言う。

VTuber鳥羽クロウ。自他共に認める賭博好きで、名前の中に自ら『賭博』を入れるほど。配信外ではたびたび勝利、配信内では基本負ける。そしてたまに大勝ちする天性のエ

ンターテイナー。

故に鳥羽さんは人気がある。同じように活動を始めた多くのライバーが膝を折るなか、黎明期《れいめいき》から今もなお最前線に立ち続けられるぐらいに。

VTuberという、いろんな意味で不安定な活動を続けながら、大金をギャンブルに投入できることの凄《すさ》まじさ。分かる人には分かるはずだ。

「今度は企業勢！　配信すれば必ず叫ぶ！　毎度の如《ごと》くトラブルが起きる不憫枠！　今回も開幕からアンラッキーが絶好調な、ばーちかる所属のアイアン・センチメタル君！」

「さっきは本当にすんませんでした！　先月頭にデビューした、アイアン・センチメタルです！　今日はよろしくお願いします！」

：頑張れー

：アイアン頑張れー

：応援してるぞー

：草

：見て分かる可哀想《かわいそう》な子

：不憫枠かぁ。残当

：草

：本当に運が悪いからな、アイアンは……

：エンタメとしては楽しいのがまた……

・・初見だけど、そんなに運が悪いのか
・・なんか分かる
・・雰囲気がもうそんな感じする
・・そういう星の下に生まれたんだきっと
・・アイアンきちゃあ！

そして俺視点だと最後。俺の最推しVであるリーマンと同じ、ばーちかる所属のライバーであるアイアンさん。先月頭のデビューということで、VTuber歴という意味では俺よりも短い。……と言っても、ほぼ誤差のようなものだが。箱こそ違うが、VTuberとしては同期みたいなもんだ。

ちなみに、どんな配信をしてるのかは詳しくない。昨今はVTuberが飽和している状態なので、新人がデビューしてもなかなか追い切れないのだ。

特にばーちかるの場合、運営側が数で攻める方針なのか、現時点でもかなりの数のライバーが所属しているし。正直、ばーちかるのVの総数とか把握していなかったりする……。

まあ、コラボ相手ということで多少は調べたけども。チャンネル登録者数はもうすぐ九万人で、配信内容的には雑談よりもゲーム系が多い。

で、ここからは切り抜き動画から得た情報だけど。……アイアンさん、なんていうか凄《すご》く運が悪いっぽい。ゲームの腕はかなりのものなんだけど、ランダム系の要素があると大抵酷《ひど》い目に遭う。それ以外にも、配信に支障をきたさないレベルの細いトラブルが頻発する。

個人的な評価ではあるのだけど、稀《まれ》にいる運が悪くて間も悪い感じの人。ただわりと高スペックな気配もしていて、それでどうにか相殺してるっぽいんだよね。

まあ、観ていて楽しいタイプではあると思うよ。あ、上から目線とかじゃなくて、一人のVTuber好きとしての評価ね。

「そして最後！　同じく企業勢！　ここ最近、なにかと話題の絶えないデンジラスの超新星！　ライバーと探索者の二足の草鞋《わらじ》を履きながら、定期的に視聴者へ飯テロをしかけるスーパー規格外！　山主ボタン君！」

「こんばんはー。デンジラスのスーパー猟師、山主ボタンです。今日はお誘いいただきありがとうございます」

：出た
：Theクセツヨ
：バーチャル、リアルともにバケモノな山主さん
：ついに外部コラボだな山主！
：草
：いろんなところで話題に上がる人やん
：料理系の切り抜き動画は、マジで破壊力エグいのよなぁ
：何故《なぜ》かVTuberをやっている人
：リアル大富豪でもあるボタンニキ

：アイアンとかと大して変わらない時期にデビューしていながら、ばーちかるのトップたちとタメを張る数字を持つヤバいやつ
：このメンバーでのトークは楽しみすぎる
：クセが強いってか、クセしかない

　で、最後はこの俺、山主ボタン。まさかまさかの大トリでの自己紹介ですよ。しかも扱いはマジで大トリの特別ゲストである。

　いやはや、打ち合わせで知らされた時は驚いたよ。凄く自然に『山主君の自己紹介は最後ねー』って開始早々言われたからね。

　しかも満場一致だったのだから笑うしかない。もちろん、自己紹介の順番など大して重要でもないのだが、それにしたってだろう。

　思わず苦笑してしまう。思い出し笑いと言うには、どうにも渋味が効きすぎている気がするが。

　ま、ともかく。これで自己紹介は終了。そして自然と始まるトークタイム。メインに移る前に、雑談で程よく場を和ませようとしているのだろう。……多分これはライバーが大なり小なり抱える本能or職業病だ。

「いやー、ついに始まったよ。アイアン君と山主君は、実は前々から目をつけてたんだよね」

「そうなんですか？」

「そうなんです。実際に話してみたいなぁって、ソナタはずっと思っていたのです。なので、個人的な願望から今回はお誘いさせていただきました。企画もそれに合わせました」

「その結果がクセツヨ扱いって、まあまあ失礼じゃねぇの？」

「私たちにも飛び火してるしねぇ」

「そうは言っても、全員揃《そろ》ってクセツヨだし……」

「「うん、否定はしない」」

：草
：草
：否定しないというか、できないのよな
：自覚あるなら直せ
：クセツヨ評価は残当
：草ァ！
：何でそんなにキャラ濃いん？
：自覚あんのかーい
：草
：しかも全員方向性は違うというね
：否定できないの草
：鳥羽に関しては改善できるだろ

：でも正直、一人だけ頭三つぐらい抜けてんだよなぁ
初っ端から偉大な先達《せんだつ》にぶっ刺される理不尽。いやまあ、俺も別に否定はしないけど。

対して、俺と同じく新人でありながらディスられたアイアンさんはどうだろう……？

「……俺、そこまでアク強いんすかね？」

あ、絶妙に納得いってないなコレ。不満というより、単純な疑問ってニュアンスだけど。

あと若干の自信のなさも混ざってる感じがする。

「んーとね、ソナタはアイアン君の配信は何度か観たことあるけど、まあまあ変わってると思うよ？」

「切り抜きだけど、結構な頻度で酷い目……間違えた。配信映えするイベントが起きてるし、天性のモノがあるなぁって、私は思うかな」

「大丈夫、大丈夫。この業界だと不幸属性も立派な武器だから。なんなら俺の後継者とか目指してみないか？　ギャンブルやろーぜ」

「そうっすかー……」

：怒濤《どとう》のツッコミで草
：アイアンは不幸の星の下に生まれてるから、確かに天性だね
：おいコラ鳥羽ァ！　アイアンになんてこと提案してんだ!?

：それ以上はいけない。アイアンは繊細なんだ
：不運な奴《やつ》にギャンブルなんか勧めんじゃねぇよ！

：アイアン君はなぁ！　お前のエンタメスキルとはレベチの不幸属性なんだぞ!?
：悪魔の囁《ささや》きやめぇや
：ガチで破産しかねんぞ
：お前が軽々と触れていい領域にいねぇんだ、アイアン君は
：ギャンブル中毒者はすっこんでろ

コメント欄の治安が一気に悪くなったな。いや、確かに不幸属性の人にギャンブル勧めるのは鬼畜の所業だけども。

そしてアイアンさんをよく知ってるのであろうリスナーたちが、本気で止めてるのがまた……。過去どれだけやらかしてきたのかが察せられる。

「……もしかしてだけど、この括《くく》り嫌だった？」

「いや、アクが強いと言われるのは全然構わないんすよ。ただその……俺みたいなのと、山主さんが一緒くたになってるのが気になったと言いますか。俺と比較対象にするのも烏《お》滸《こ》がましいというか……」

「「「あー」」」

「急にこっちにキラーパス飛ばしますね。そして御三方も『あー』とか納得しないでください」

無自覚かどうか知らないけど、それは謙遜でもなんでもないんですが。あっちの方がぶっ飛んでる、俺の方が常識的と言っているだけなのですがそれ。

「いやでも、確かに山主君はねー。もらった質問の回答を見る限りだと、間違いなく一番ぶっ飛んでるというか……。ネタなのかガチなのか分からないの、本当にスゴイよ」
「全部真面目に書きましたけど？」
「えっ⁉　待ってじゃあアレ全部ガチなの⁉　割と洒落《しゃれ》にならない回答あったよね⁉」
「多分あの質問なんでしょうが、まあガチですねー」
「えぇ……」
：ソナタちゃんがドン引きしとる……
：洒落にならない回答ってなんだ
：何を書いたんだ山主さん
：凄く気になるんだけど
：どんな質問なんだろ
：これは楽しみ
：草
：山主さんの場合、冗談抜きで洒落になってない可能性が高い
：むしろどんな質問したんだ
：本物を見せてくれるのか？
：今の『えぇ……』はなかなかないレベルのガチなやつ
：草

：見たいような、見たくないような

リスナーよ。楽しみにしてくれてるのは嬉しいんだけど、多分キミらもドン引きすると思うよ。……話題に挙げたってことは確実に触れられるだろうから、証拠になりそうなものを用意しておこう。確か記念に写真を撮ったはずなので。

「……はい。まあ、山主君は基本的にトリという形で進行していきます。インパクトが強すぎて、ここまで司会としての手腕が試されるゲストは初めてです」

「ソナタちゃん、そんなになの？」

「そんなにだよ。すぐに分かるから、さっさと進行しちゃうけどね。――ということで、企画を始めさせていただきます！　まず最初の質問内容はこちら！『最近買ったなかで、一番大きな買い物は？　直近の予定でも可』です！　ちなみに、これもトリは山主君です！　これでどれぐらいぶっ飛んでるか皆察してね！」

「ちなまないでほしいのですけど」

そんな念押しされるほどのこと書いた記憶はないのですけど。少なくともこの質問に関しては。

「まずチウちゃんから！『マイク』だそうです！　買い替えたの？」

「そうなの！　そっち系の配信を増やそうと思って、ＡＳＭＲ用のマイクを新調したんだー。前よりちょっとお高いやつ」

「えー。いくらぐらいか話せる？」

「んーとね、二十万円ぐらいかなぁ」
「うわっ、結構いいやつ買ってるじゃん！」
：つまりASMR配信が増えるってことですか？
：チウちゃんの耳かきボイスが……!?
：マイクたっか!?
：そんなにするのか……
：やっぱりライバーさんって機材に金かけてんだなぁ
：心臓の鼓動をまた聞きたいなぁ
：俺の手取りより高いんだけど
：マイクってそんなにするの？
：はえー
：やっぱ
：これは次のASMR配信が楽しみやの
：甘々なのを囁いてほしい
やっぱりコメント欄が気持ち悪いなぁ。……それはさておき、根角さんはバイノーラルマイクなのか。
あの機材はかなり上下の振り幅があって、安い物だと手頃な価格で買えるんだけど、上を目指すと百万超えたりするんだよね。まあ、音響機器は総じてそんな傾向があるけど。

なお、俺は持ってない。アレ、配信機材のなかでも特殊な立ち位置で、言ってしまえば趣味枠に当たる代物だからだ。使えば臨場感が段違いだけど、使わなくても問題ないから、とりあえずスルーしてた。……料理配信もするようになったし、今度買っておこうかしら？

「次はアイアン君！　えっと、『パソコン』だそうです。これも配信関係かな？」

「うっす。デビューするにあたって、より高スペックなものに買い替えたんですよ。……面白みのない回答ですんません」

「いやいやいや！　そういうの気にしなくていいから。というか、コレが普通だから。ぶっちゃけ、買い物でネタにできるのは極一部だよ。残りの二人がヤバいだけ」

「オイコラ。誰がヤバいだこの野郎！」

「誰が野郎だ！　アアッ!?」

「……すんません」

：草

：相変わらずソナタちゃんに弱《よえ》ぇな鳥羽ァ！

：負けてて草

：気にしなくてええんやで。デビューしたばかりならそれが普通や

：草

：草

：草
：流石《さすが》は姉御
：鳥羽さんちと弱すぎない？
：ドスが違いすぎる
：ヤンキーで草
：弱すぎるやろ
：ノータイムで負けとるやん
俺からも応援。鳥羽さん頑張ってー。ヤバい扱いされて反論できるのは、あなただけなんです鳥羽さん。俺はキャリア的に無理なんで。
「そんじゃあ、次はそのヤバい奴その一、鳥羽！　はいこれ『遊戯ノ神《ゆうぎのかみ》』の福袋で二百万』！　どう考えてもヤバいですお疲れ様！」
「年明けの配信で使ったんですぅ！　これも前の二人と同じですぅ！」
「明らかに趣味入ってるでしょうが！　というか、カードに二百万ってマジで言ってる!?」
「TCGってのはそういうもんなんだよ！　なんだったら俺とて引いとるわい！　一枚でウン万とか馬鹿じゃねぇの!?」
：草
：草

：あの配信かぁ……
：まあ制作会社が造幣局なんて呼ばれてるぐらいだし
：草
：最近のカード高騰はエグいからなぁ
：いうて五十万ぐらい勝ってたけどな鳥羽
：カードバブル
：にしても二百万は限度があると思うんだが……
：コレクション関係は青天井になりがち
：草
：普通は買わんよなぁ
：金銭感覚エグいのよ

鳥羽さんが挙げたのは、多分年明けのアレだろう。メインで追ってるわけではないけど、ソシャゲのガチャやカードゲームのオリパ、福袋開封とかは好きなので、あの配信は俺もライブで観てた。

大当たりを引いたとかで、めっちゃ騒いでたのは憶《おぼ》えてる。カード自体は詳しくないので、その当たりがどれだけ価値のある物なのかはうろ覚えだが。

まあ、それはそれとして。ゲームの紙切れ一枚がウン万したり、カード数枚といくつかのサプライが入ってるだけの福袋が二百万したりってのは、確かにヤバイ世界だなとは思う。マニアの世界は奥が深い。

「いや、にしても、よく買ったよね本当に。皆もビックリだよね？」

「そうだねー。さすがに好きでも躊躇《ちゅうちょ》する金額だよ」

「俺も遊戯ノ神はアプリでやってますけど、それでもちょっと……」

「同じくアプリやってる勢ですが、一般論としてなかなか手を出しにくい領域かと」

「あ、山主君はおまいう判定だから。鳥羽以上にアレな人は、ちょっと黙ってようね」

「あれぇー？」

なんか扱いがぞんざいになってません？　いや、もちろん配信上でのネタとしてなんだろうけど。それにしたって、ここまでガッツリとオチキャラ扱いされるとは思ってなかったといいますか。

「二百万の福袋でも大分ヤバいと思うんだけど、山主君ってこれ以上なの？」

「……自分で言うのもアレだが、この質問って俺をオチにするために出したと思ってたわ」

「いや、実際その通りだよ。鳥羽をオチにするつもりだった。ただ山主君が予想以上だったんだ。……というか、ソナタも未《いま》だにこの回答をよく分かってないんだよね」

「なんて書いてあったんすか？」

「これ。『スタジオ二つ』だって」

「「「……ん？」」」

：はい？
：ん？
：ちょっと何言ってるか分からないですね
：スタジオ？
：なんで？
：意味不明で草
：わっつ？
：予想外なのきたな
：草
：すた、じお？
：日本語でおけ？

そんな不思議なこと書いてますかねー？　と、すっとぼけたいんですが駄目？　駄目かなぁ。そっかぁ……。

これは追求が激しくなるなと思いつつ、まあそういう企画だしと意識を切り替える。ここからどうやってより盛り上げていくかが、ライバーとしての腕の見せ所だろう。

「山主君さ、これってどういうことなの？　スタジオって、多分撮影関係のやつだよね？二つの場所と長期契約した的な意味？」

「いや、ちゃんと買いましたよ。不動産で売りに出されてた料理スタジオと、ミュージックスタジオを居抜きで」

まあ、正確には買う予定なんだけど。モノがモノなので、特定されないようにアレコレ情報はぼかしていく。

ただ、本気で買うつもりではあるし、実際に不動産屋で話を進めてはいる。嘘《うそ》ではないので悪《あ》しからず。

「ガチで買ったの⁉　なんで⁉」

「いや、必要になるかなって……」

「あの、そんな次のシーズン用のオシャレ着みたいなノリで買うには、ちょっとばかし大きい買い物すぎない……？」

「でも、二つ合わせて数億ぐらいなんで……」

「億に『ぐらい』とか普通は付かねぇんだよなぁ⁉　てか、そもそもなんで買った⁉　スタジオ買ってまでしてなにやるつもりだ⁉」

「普通に先々を見据えてですね。ほら、よく歌みたやボイスの収録とか、スタジオを押さえる関係でスケジュールに制限ができたりするじゃないですか。それが煩わしいんで、好きなタイミングで自由に使える自前のスタジオがあったら便利だなって……」

「……山主さん。失礼を承知で言いますけど、あなたってかなり頭がお悪かったりします？」

「アイアンさん？」

おおっと、随分どストレートな罵声を投げてくるじゃないか。とりあえず遠慮がなくなったと解釈するけど、それはそれとして容赦のない評価ではないか。

まあ否定はしないが。庶民的な感覚を維持している自負はあれど、金銭感覚が破綻していないと断言することはできないし。

「んー、金額が大きいだけで、やってることは設備投資の一種なんですけどねぇ」

「いやまあ、俺たちも咎《とが》めてるわけじゃないけどさ……」

「単純に規格外すぎるよねぇって……」

「それはそう。てか、一応自覚はありますしね、俺」

「自覚あるならどうして……」

「人間、口座にお金があると使うもんなんですよ。残高が滅多に減らないとなると余計に」

：億なんてフィクションの中でしか縁がねぇんだわ

：そんな気軽なテンションで出てきていい値段ではねぇのよ

：草

：そりゃ人気ライバーとかになると、収入的にはそれぐらいいってもおかしくないけどさぁ……

：限度ってものがあるんだよなぁ

：草

：というか、運営側がやるべきことだろそれ
：なんで所属ライバーが自前のスタジオを用意してるの？
：自覚あるんかい！
：億使っても減らないんですか……？
：大富豪の台詞《せりふ》やん
：草
：草

そんな驚くことじゃないヨ。皆だって財布の中の小銭の額なんて憶えてないだろう？
それと同じだよ。

俺はその小銭に相当する金額が、他人よりずっと大きいのだ。自虐的に言ってしまえば、品のない成金思考からくる金銭感覚の違いである。

実際、俺ほど金勘定が苦手な金持ちも滅多にいなかろう。真の金持ちはケチであると有識者は語るが、これは間違いなく真実だ。

金は使えば減るものだし、なんなら金を稼ぐにも金がいるのが現代社会。だからこそ、収支に細かく、損得勘定に熱心な人間がのし上がれるのだ。

対して俺は酷いぞ。収支なんて税理士さんに丸投げで一切把握してないし、損得勘定よりその場の気分を優先するから。

それでも莫大《ばくだい》な資産を保有していられるのは、俺がダンジョンを対象とした出来高制の

一次産業従事者で、取引先が国だからだ。

出来高制であるが故に、実力さえあれば際限なく収入が入ってくる。国が取引先であるが故に、国が存続する限り報酬に対する心配がない。

顰蹙《ひんしゅく》を買うのを承知で言ってしまえば、国家予算が事実上の口座のようなものなのだ。暗証番号の代わりにダンジョン産のアイテムを提出すれば、個人で消費しきれないような金額がジャラジャラ吐き出される仕組み。

こんなん金銭感覚が狂うなってほうが無理だろ。そもそもからして、俺は経営者ではなく探索者、短期的な視点で仕事取ってる個人事業主と大差ないんだから。

スタンスとしては宵越しの銭は持たない刹那主義者寄りだし。金持ちになってる現状ですら結果論。宵越しの銭は持たないつもりだったけど、収入が多すぎて消費しきれなくなってるだけだ。

「口座残高が使っても減らないかぁ。人生で一度は言ってみたいなぁ」

「探索者なりますか？　ワンチャン言えるようになりますよ？」

「ワンチャン外したら？」

「死にます」

「ノーチャンでお願いします」

ありゃ残念。探索者としてデビューするなら、俺が責任もって教導してあげようと思ったのに。ダンジョン内コラボも面白そうだし。

それで俺のようなバグ個体になってくれたら万々歳。やっぱり同類がもっと増えてほしい気持ちはあるし。

もうちょぃダンジョンの夢とか伝えるべきかなー？　でもそうなると、結構な人数死ぬよなぁ。いやでも、同類がいた方が退屈しないだろうしなー。

「てか、根本的な質問なんだけど。山主君の配信的に、料理スタジオはまだ分かるんだけどさ、ミュージックスタジオはなんで？　歌みたもボイスもまだ出してないよね？　今後はたくさん出すの？」

「……え？　あ、音楽スタジオですか？　それはただのついでです。料理スタジオを調べてたら出てきたんで、セットで買っておくかぁって感じで。歌みたとかの予定はないです」

「ついでて……」

「山主さん、やっぱりあなた馬鹿ですよ」

：ついでは草

：ええ……

：シンプルに意味不明

：これは完全にアイアンに同意

：無駄遣いの極みでは？

：草

：こっちはウン万のために汗水垂らして働いてるんだけどなぁ⁉
：草
：人生で一度は言ってみたいし、やってみたい
：なお言動だけなら完全に嫌味な金持ちだが、実際はガチの命懸けで稼いだ金という事実
：かあっ、ペッ‼
：お金持ちは言うことが違いますなぁ！
：山主も汗水垂らしてるんだよなぁ
：単に報酬単価が違いすぎるだけである

いやほら、お金云々《うんぬん》は誰だってチャンスはあるから。俺ほどにはなれなくても、下層ぐらいのモンスターを片手間で縊《くび》り殺せるようになれば、ゼロの数でいちいち騒ごうなんて思わなくなるよ。……まあ、大多数が騒ぎたくても騒げなくなるけど。

「え、じゃあ、スタジオを使ってない時はどうするの？　貸出しでもするの？」

「いや、そういうの面倒なんで放置っすね。ただうちの先輩や同期とか、知り合いに頼まれたら個人的に貸すぐらいはしますが」

「はいはい！　なら私にも貸して！」

「あ、はい。問題にならない範囲でなら別に構いやしませんよ。ただ現状だと、箱だけしか用意できませんが。機材扱う人とかは自前で用意してくださいね？」

「なんで箱だけ……？」

「だから半分衝動買いみたいなものなんですって」

よく考えて買ってないんですよ。売ってたから買ったぐらいの認識なんで、管理運用できる人の用意とか頭からすっぽ抜けてたレベルだ。まあ、そのうち適当に雇うつもりではあるけれど。

「……マナー違反を承知で質問するけど、山主君っていくらぐらいお金持ってるの？　もちろん、答えたくないなら答えなくても構わないからさ。大丈夫なら、これぐらいかなぁってチャットで教えてくれない？」

「いいですよ」

「いいのか……」

：反応が軽い
：所持金総額とか、あんまり人に話すもんじゃないんだけどなぁ
：草
：下手に金持ちということをアピールとかして、変な奴に目をつけられたりしない？
：またデリケートなところを攻めたな。いいぞもっとやれ
：草
：まあ正直気になるよね
：犯罪に巻き込ま……れたところで、多分だけどどうとでもなるな
：てか億の買い物の話とかしてる時点で今更

∴言動で分かる金に対する意識の低さ

なんか微妙な反応をされてしまった。雰囲気的には、好奇心と心配が半々ぐらいか。

ま、お金の話題はなかなかにセンシティブだからねぇ。俺が警察に忖度《そんたく》されてることも知らないのだから、反応としてはさもありなんといったところだろう。

でもなぁ、口座の金額なんてあってないようなもんだしなぁ。話したところで全然問題ないのだ。空間袋に死蔵してるアイテムを引っ張り出せば、国家予算が許す限り好きなだけ増やすこともできるのだから。

トラブルに関しては……うん。正直なところ、やれるもんならやってみろと思っていたり。イリーガルな手段すら覚悟して警察を動かしている日本政府と、深淵の領域にまで届いた探索者の武力を同時に相手取れるというのなら、是非とも見せてもらいたいものだ。

ということで、指でゼロを数えつつチャットに入力。ただ詳しくは憶えていないので、かなりザックリ『十二桁』とだけ。

「「「ぶっ……⁉」」」

――そしたら全員に吹き出された。もちろん驚愕的な意味で。

「マジで言ってる⁉　山主君これマジで言ってる⁉」

「み、見たことない桁数が書かれてるんだけど⁉　これネタかなにかだよね⁉」

「おかしいだろコレ⁉　これガチなら冗談抜きで石油王クラスじゃねぇかお前！」

「馬鹿とか言ってスンマセンでしたぁ!!　お願いですから消さないでくださぃ!!」

：全員パニクってて草
：どんな金額だったんだ……
：ガチの石油王クラスってマ？
：世界番付とかそういうのに載ってるレベルってこと……？
：アイアン本気で焦ってて草
：……探索者って上にいくとそんな儲《もう》かるの？
：驚いてるリスナー諸兄にちょっと昔話を。ダンジョンが発生して少し経った頃のことじゃ。アメリカの方で不老の効果がある『霊薬』っていうのが、オークションに出品されたことがあってな。この不老っていうのは、全盛期の姿に若返ってから成長が止まり、その後寿命で死ぬことがなくなるという神話クラスの代物だったんじゃ。で、その霊薬の落札金額が約一兆五千億と言われている
：長文ニキがなんかすげぇ内容投下しててワロエナイ
：でたそれ。どっかの独裁者が国家予算なげうって購入した結果、最終的に内乱が発生して国が滅んだやつ
：えぇ……
：当時のアメリカ政府の策謀と言われてるアレなー
：有識者ニキたちのコメに戦慄が止まらない
コメ欄が興味深い感じで賑《にぎ》わってて楽しい。そんなことがあったんだなと、普通に勉強

になる。……いやでも、前に霊薬を買い取ってもらった時に、ダンジョン省の事務次官がそんなことを説明してくれてたような？

　クッソどうでもいいと思って聞き流してたけど、もっとちゃんと聞いてもよかったかもしれない。配信のネタになったかもだし。

「まーまーまー。いろいろなコメントがあるけど、その辺りはリスナーの方々のご想像にお任せしますとだけ。配信が盛り上がるのに一役買えてなによりですネ」

「一役で片付けるには、あまりにも爆弾すぎるネタなんだよなぁ……」

「もう企画とかどうでもいいから、普通に山主君にインタビューしね？　そっちの方が絶対に楽しいぞ？」

「おいコラ鳥羽ァ！　ソナタの配信ブチ壊すような提案すんじゃねぇ！　……でも否定しきれない」

「怒鳴られ損じゃねぇか俺！」

「おー」

「山主さん、拍手やめましょ？　感心してますけど、元凶はあなたっすよ？　……凄いと思うのは同感ですけども」

：草
：まーたすぐ二人は漫才する
：付き合いと掛け合いに定評のある二人

：新人二人がシンプルに感心してて草
：もはや恒例となった『鳥羽ァ！』の叫び
：これは鳥羽が正論
：草
：山主さんが規格外すぎるんだよなぁ
：一人観客気取ってるけど、原因お前じゃい！
：やっぱりアイアンが常識人枠になったかー
：一斉に喋るなｗ
：草
：説得力がありすぎる
：ソナちゃんも認めちゃってるがな
：草
：草

いやいやいや。そうは言っても、実際これは本当に凄いでしょ。ひょいと軌道修正の雰囲気出したら、御三方とも即座にそれを察して、流れるように話を繋《つな》げるんだもん。

無理矢理でもなく、ちゃんと軽めのオチをつけてから次の話題への転換点を用意するんだから、さすがとしか言いようがない。

Ｖ業界でも古参かつ各方面に顔が広いとされる御三方だから、今後の人脈構築のためにと勧められたコラボだけど、純粋にこのトークスキルも学んでいきたいレベルだ。
「はいそれじゃあ、企画を死守するために次に進めます。ちなみに、今回は山主君の扱いを納得してもらうために、回答と回答者を同時に発表したけど、今後は回答先出ししてから本人に名乗り出てもらう形になります。あと、質問によっては全員の回答を出さない場合もあります。これは山主君も例外ではありません。――あーゆーおーけー？」
：おけ
：つまりいつも通り
：初見向けの説明できてエラい
：企画が破壊されかけてるのは草
：山主さんの存在感が強すぎるんだよなぁ
：やはりクセツヨ
：これ他の人たちも大変やろなぁ
：いうて全員クセツヨだからいける
：さあ宮殿の本格始動だ
：わくわく
：はよはよ
　これまた見事な仕切り直しだ。さすがは歴戦のＭＣ。俺がやってもこうはなるまい。仕切り直しをするつもりが、横道に逸《そ》れまくってグダつくのが容易に想像できる。

そして改めて実感した。これなら遠慮はいらないや、と。此方さんが綺麗《きれい》に手綱を握って誘導してくれる確信が持てたので、俺はもう気楽にガヤと野次を飛ばしていこう。

「それじゃあ、次はこの質問にいってみよー。『このメンバーで、一番自分が凄いと言えるものは？』」

此方さんの台詞とともに、配信画面が変わる。恒例となったスライドに表示される質問内容。

恐らくではあるが、俺とアイアンさん新人組に配慮してくれたのだろう。つまるところアピールポイントだし、これまた随分上手《うま》い質問である。

「この質問かぁ……」

「あー、ボケるかどうかで結構悩んだんだよなぁ」

「いやいやいや。お二人は全然アレでしょう。俺なんてこのなかで一番下なんで、何書けばいいかわかんなかったですよ」

「俺はわりとアッサリ書けました」

「「「だろうね（でしょうね）」」」

「打ち合わせしました？」

：草
：草
：残当

：草
：そりゃそうよ
：アイアンが悩むのは仕方ない
：山主さんは特徴的すぎるから……
：ベテラン勢と規格外を比較対象にしなきゃいけないのはねぇ
：草ァ！
：一名だけ強みが明確すぎる
：これは草

配信上で味方が一人もいない現実。なんて悲しい。あと司会の此方さんまで同意しないで。せめて中立でオナシャス。

まあ、それはさておき。他の方々がどのような回答を書いたのか、実のところかなり興味がある。実際問題として、俺は明確に他者より秀でた部分が沢山あるので、どうしても傍観者的な気分が強くなってしまうのだ。……自己ＰＲというよりも、回答がシンプルな事実にしかならないのですよ。

なので自分よりも他人。特に同じ新人カテゴリーのアイアンさんは注目したい。質問の雰囲気的に、焦点となっているのは俺たち新人勢だろうし。

「はいじゃあ、最初の回答はこちら。『ビジュアルの可愛さ』。これだーれ？」
「誰だろうねー？」

「ダレダロナー」

「誰もなにもなんですけどね……」

「それっぽいこと言うのも憚《はばか》られるレベルなんですが」

約一名を除いて、全員が棒読みに近いリアクションを取る。というか、それしか取れない。

なにせ例外を除く全員がいい歳《とし》した成人男性。可愛い路線で売ってるならともかく、ガワとキャラからかけ離れたムーブはキツイものがあるわけで。

「じゃあ、回答者は挙手！」

「はい、私だよー！　これだけは胸を張って言えるね！　胸ないけど！」

「まあ知ってた」

「バ美肉ですしね」

「逆に上がいると言われる方が困るやつ」

「皆お上手ー。えへへ」

：それはそう
：だって他は全員男だし
：なんならソナタちゃんより可愛いまである
：女性ライバーより女性らしいバ美肉だから……

：つるぺただろうが根角は可愛い

・ビジュアル限定じゃなくて全てが可愛い
・心優しいメスガキのおじさんという矛盾塊
・可愛い
・チウちゃんが一番
・ナンバーワンでオンリーワン

案の定である。パッと根角さんが声を上げ、残りのメンバーがそれぞれ感想を零《こぼ》す。
……にしても、やはり満場一致か。コメント欄ですら否定の声が出てないあたり、なんというか凄いよね。

てか、前々から思ってたんだけど、根角さんが出た時のコメント欄って、雰囲気がマジでアイドル売りしてる女性ライバーのそれなんだよなぁ。

これはあくまで個人的な印象ではあるけれど、バ美肉ライバーの配信の雰囲気って、ネタ強《つよ》系の『パブ』か、ガチで楽しむための『キャバクラ』の二種類に分かれる。

で、根角さんの場合は完全に後者。バ美肉だと公言してるし、本人もしっかり男であることをネタにしてるんだけど、それでもなお後者の気配が薄まらない。なんていうか、本当にキャストがたまたま男だっただけのキャバクラなんだ。

もちろん悪い意味でそう表現してるわけじゃないし、そもそも火種になるから口に出すことは絶対にしないけど。これはガチで凄いと思ってる。

チャンネル主で女性ライバーの此方さんに飛び火してなお、荒らしと思われずむしろ納得されてるんだから。普通、ライバー同士を比べようとしたら、もっと荒れてもおかしくないってのに。

「んー。個人的には、もっと議論してほしかったなー。自分の方が可愛いところあるよー、とかさ。せっかくの座談会なんだから、皆もっとグイグイこよーよ」

「だってさ男子。ほら可愛さアピールしろよ」

「いや無理だわ。可愛さとかジャンル違いも甚だしいっての」

「おいコラ鳥羽ァ！　先輩が率先して身体《からだ》張れよ！　安牌《あんパイ》で逃げてんじゃねぇぞコラ」

「だから無茶なんだって！　てか新人に酷なフリしてやんなよ⁉　根角を前にして可愛いポイントを挙げられる新人とかなかなかいないぞ⁉」

：それはそう

：可愛さで競うには、チウちゃんはちょっとレジェンドすぎる

：草

：伊達《だて》に大半の女性ライバーより可愛いとか言われてねぇわ

：そもそも男が張り合う部分じゃねぇ

：アイアンは不憫可愛いぞ！

：可愛さアピールしてもツッコミ待ちにしかならんのよ

：草

：相変わらず容赦ない

：チウちゃんがおかしいだけだわ
：ネタ的な意味では見たいけども
：草

　なんか無茶振りの気配が漂ってきたなぁ。えー、これ自分の思う可愛い部分を挙げなきゃ駄目な流れ？　なかなかにキツイところがあるんだけど、なんかいい回答とかないか？


「ほらアイアン君。なんか自分の可愛いところ挙げてよ。チウちゃんに勝てそうなやつ」

「いや無理ですよ⁉　男の俺にはキツイですって！」

「えー？　私もおじさんだけど？」

「根角さんはいろいろもう違うじゃないですか⁉」

「いいからいいから。ほら、一個ぐらい言ってみよ？」

「アイアン君ガンバレー。私も応援してるよー」

「あ、圧が凄い……。え、その……笑顔、とかですかね？」

「「……」」

「なんか言ってくださいよ⁉」

：草
：草
：草

：これは草
：笑顔かぁ……
：これは流石にベテラン勢も無言
：うーんボキャ貧
：草
：誰か骨ぐらい拾ってやれよｗ
：陰キャが陽キャによくやられるやつやん
：可愛いじゃなくて可哀想
：草生えぬ

なんかちょっと意識を逸らしてる間に、アイアンさんを中心に地獄絵図ができあがってるんですが。これ控えめに言ってイジメの現場では？　……どうコメントするべきだ？


「……コレが業界の洗礼というやつなんですね」

「まあ間違ってないな。タチの悪い新人イビリだ」

「風評被害!?　ちょっと無茶振りしただけなんだけど!?」

「いや無茶振りしてやんなよ。それかせめてカバーしてやれよ」

「……いやー、ちょっとソナタちゃんも予想外の回答だったから」

「まあ笑顔は逆に拾わない方が怪我《けが》は少ないですよね」

「やめてくださぁぁい！　ちょっとテンパっただけなんですってばぁ!?」

：草
：草
：ワロタ
：草
：ガチ絶叫で草
：これは共感性羞恥
：草
：相変わらずアイアンは不憫やのぉ……
：黒歴史確定
：ある意味で先輩の優しさよな

生暖かい空気が配信画面に流れる。嘲笑とかではなく、慈しむ感じのアレ。一周回って慈愛の雰囲気が漂っている。

だが仕方あるまい。焦ったあまり素っ頓狂なことを言って、場の空気を凍らせるのは、大半の人間が通ったことがある道だ。

だからこそ、ネタにするのではなく見守る方向で全員の意思が一致したのだろう。そっちの方がネタ的にも美味《おい》しいし。……まあ、本人にとっては地獄以外のなにものでもないだろうが。

「ほら早く次いってくださいよ！　次は山主さんの番ですよ⁉」

「んん？　次っていうと、普通は先に進めるんじゃないの？」

「逃がすわけないでしょう!?　自分だけ無傷で済ませようとしてもそうはいきませんからね!?　死なば諸共《もろとも》ってやつですよ!!」

「アイアン君が羞恥のあまり壊れちゃった」

「お前らが壊したの間違いだろうが」

「アレは壊れたというより、ただのヤケっぱちだと私は思うなー」

元凶二人と止められなかった人がなんか言ってる。流れるように敵対したり仲間になったりするあたり、本当にいい性格してるよなと思う。

「ほら早く！　自分の可愛いポイントをアピールしてください！　そして一緒に爆死してください！」

「呪詛《じゅそ》が凄い」

人間は壊れるとこうも見境がなくなってしまうのか。少し前までの一歩引いた雰囲気を出していたアイアンさんは何処《どこ》へ……。

「まあ、仕方ないか。そこまで言うなら付き合いましょう。……ちょっと待っててください」

「おお！　覚悟を決めてくれましたか！」

「あ、意外と潔い」

「アイアン君ウッキウキやん」

「やっぱり山主君ちょっとズレてるよね」
「俺の可愛いポイントは――」
はいここで少し溜《た》めて……ドン。
「にー」
「我が配信の癒し成分を一手に担うコネッコ君です」
あ、コラ。マイクに猫パンチしようとするんじゃありません。
「「「あら可愛い」」」
「ちょっとそれズルくないですか⁉」
：草
：草
：草
：草
：草
：草
：草
フハハハハハハ！　ズルいと言うなかれ。これこそが猫飼いが持つ特権である。
馬鹿正直に可愛いで勝負したところで、悲惨なことになるのは目に見えているのだ。なら存在そのものが、人間より可愛い猫を矢面に立たせればいいだけのこと。

これぞまさに必勝の策。今孔明《こんこうめい》を自称しても許されるレベルの偉業だろう。
「山主君、お見事！　これはもうアイアン君の負けだねぇ。それじゃあ次の質問。『この中で一番金使いが荒そうなのは？』です！」
「これはもう満場一致で山主だろ？　俺もそう書いたし」
「はい残念。内容が内容だし、まとめてズバッと言っちゃうけど。答えた本人を除くと、満場一致でお前だったぞ鳥羽」
「何でだよ⁉　明らかに俺より金銭感覚おかしいだろ！　気まぐれで億使ってんだぞアイツ！」
「それが判明したのは配信開始してからでしょー？　質問時点では、全員が鳥羽の方が金使い荒いって思ってたんだよ。日頃の行いだね」
「クソがよ‼」
：草
：草
：草
：日頃の行いは仕方ない
：草
：自業自得で草
：イメージの問題だからね

：草なんよ
：笑うわ
：実際金使いは荒いし
：間違ってはないから。……上位互換が出てきただけで
：草

ううむ。これは若干の申し訳なさを感じるな。ネタを潰して見せ場を奪ってしまった感がある。

だが仕方あるまい。VTuberの世界は弱肉強食である。ましてや昨今は飽和期だ。VTuberが星の数ほどいるのだから、キャラ被《かぶ》りが起きるのはある種の必然。

重要なのは、そこから自分だけのキャラを確立すること。オンリーワンを見つけることこそが活路となる。……なお、今回の配信はそんな殺伐としていない。トークを楽しむついでの戯言《たわごと》だったりする。

「あっはっはっ！　いやー、鳥羽を弄《いじ》るために入れた質問だったけど、まさかのダークホースのせいで微妙な結果になっちゃったねぇ。古参Vとして恥ずかしくないの？」

「無茶言うんじゃねぇよ!?　気まぐれで億単位の金なんか使えるわけねぇだろうが!!　てか、質問がちょっと意図的すぎなんだよ!?」

「意図的なのは当然でしょー？　デビューして間もない新人が二人もいるんだから、答えやすい質問を考えるのが司会者の役目だし？」

「嘘つけぇ！　それっぽいこと言って誤魔化してるだけで、実際は俺を狙い撃つために誘導してんのバレバレなんだよ!!　しかも結果は微妙にスカッてるし！」

「それについては申し訳ない。山主君が悪い」

「本当にな！」

「流れ弾が酷い」

毎度の如くこっちに飛び火してきてヒエッてなる。でも実際その通りなので強く反論できないのがまた悲しい。

「はいじゃあ次。何だかんだ長くなってきたので、これが最後の質問です。『ここ最近で一番不味《まず》い、うっかりのやらかしは？』です」

「あ、この質問かぁ」

「なんで配信の〆《しめ》にやらかしを語らにゃならんのだ」

「新人二人に『こんな風にやらかしてもなんとかなるよー』って伝えるため。業界の先輩からの激励みたいなものだよ」

「……なんというか、何度も気を遣っていただいてありがとうございます」

「まあコレは嘘なんだけど。本当は山主君の回答がインパクトありすぎたせいで、急遽順番を変えただけです」

「俺の扱いが鳥羽さんと似てきたような件」

いや、単に一人のゲストとして弄られてるだけだと思うけど。その証拠に、お礼を言ったアイアンさんも速攻で梯子《はしご》外されてたし。歴戦のＭＣの前では、ゲストは等しくまな板の鯉《こい》。好き勝手に調理されるのが宿命なのだ。

まあ冗談だけど。付き合いも短い新人二人だし、事前情報や配信上での言動をトークの材料に利用されてるだけのはず。……本当に鳥羽さんと同類のぞんざい枠に入れられたわけじゃないよね？

「ということで、回答を発表していきます。なお、最初と同じで山主君の回答に関しては、インパクトが強すぎるので問答無用で〆とさせていただきます」

「山主君よ、本当にお前なんて答えたの？」

「正直、少しばかり刺激的なことを書いた自覚はあります」

あ、でもアレよ？　質問に沿った『やらかし』の範疇《はんちゅう》を出てないつもりだよ？　普通に配信でネタにできる程度の、後から笑い飛ばせるような内容にしました。

「アレを少しばかり刺激的で片付けるのも、そもそもうっかりにカウントするのも、ソナタちゃんとしては一切納得できないんだけどね……」

「そんなにか。一体何を書いたんだ」

「もうすぐ分かるよ。それで全員で追求しよう。ツッコミどころが多すぎるから」

：ガチトーンで草
：本当に何を書いたんだ山主……

：もしかしなくても、開幕のスタジオ購入宣言を超えるパターン？

：うっかり（うっかりじゃない）

：大丈夫？　それ配信で触れられるようなやつ？

：……もしかしてこの前の騒動のアレか？

：うっかり猫助けたツイートしたら、大炎上が起きた的な？

：アンタのうっかり怖すぎんのよ
：聞きたいような、聞きたくないような……

　なんでこんなに戦々恐々なんだろうねー？　あと、コメント欄の予想は外れです。ウタちゃんの事件は確かに一瞬書こうと思ったけど、流石に他事務所が絡むような話はネタにできません。

「じゃあまずはこちら。『案件配信の打ち合わせでうっかり寝坊』。……これはこれで笑えないやつだよね」

「ある意味で一番やっちゃ駄目なやつ」

「寝坊や遅刻はライバーの定番と言えば定番だけど、普通に信用問題になりかねないしな」

「自分も気をつけなきゃですね……」

「ライバーって時間にルーズな印象が凄いですよね」

　Vとして古参である御三方が揃って遠い目をしてることからも、業界的に根深い問題なんだろうなー、コレ。新人のアイアンさんですら戦々恐々としてるあたり、なにか思い当たる節とかあるんだろう。
　なお、俺は時間関係はわりとしっかりしてるタイプなので、そういう心配はあまりない。決めた時間にパチッと起きることができるので、人生で一度も寝坊したことはなかったりする。これは密《ひそ》かな自慢。
「それじゃあ、これだーれ？」
「……はい！　私です！」
「お前かい！　やっちゃ駄目って言ってたやつがやってんじゃねぇか！」
「違うんだよぉ！　寝てる時にスマホの充電器が抜けてて、電池切れでアラーム鳴らなかったんだよぉ！」
「ちょっと意外ですねー。てっきり俺は鳥羽さんかと……」
「同じく」
「キミたちも遠慮ねぇな⁉」
：草
：草
：でも正直分かる
：こういうやらかしは鳥羽のイメージ
：チウちゃんは正直意外
：チウちゃんが寝坊するとは珍しい

：草
：俺も鳥羽だと思った
：鳥羽は日頃の行い的に仕方ない
：草
うーむ。詳細を聞く限り、かなり不幸な事故みたいな感じだった。あるあると言えばあるあるな内容なので、地味に周りにも寒気が伝染してるのが趣深い。……なお、お相手企業さんは笑って許してくれたとのこと。
「はい次いくよー。『財布を落とした』です。これまたシンプルに怖いやつだねー。これ誰だろう？」
「なんか誰だか分かる気がする」
「奇遇だな。俺もだ」
「……えー。先輩たちは凄いですねー。俺まったく分からないデス」
「声震えてますよアイアンさん」
：あっ
：チウちゃん一抜け、山主さんメ。残りは二人……
：ペロッ。この味は、不憫の味だぜ……！
：どうしようもない不幸属性がいるんだよなー
：動揺してて草

：一瞬で誰か分かってて草
：可哀想
：マジでお祓《はら》い行くべきでは？

：草
：こ、これは……

　何だこの空気。いや原因は一目瞭然だけど。全員から一瞬で見抜かれてるあたり、ちょっと悲しさが天元突破してる。

「此方、さっさと終わらせてやれ」

「そうだねー。はいじゃあ、これだーれ？」

「……俺です」

「「「知ってた」」」

　一糸乱れぬ大合唱である。ここまでいくと本当に不憫だ。

　なお、財布は無事に返ってきたそうな。やっぱりネタにならないラインは越えないあたり、アイアンさんは凄いと思う。

「はいじゃあ、次はラスト！　お待ちかねの山主君です！」

「……あれ俺は⁉　いつも最後の質問は全員出してたよな⁉」

「そうなんだけど、今回は消去法でもう鳥羽なのは分かっちゃうし。あと、内容がアレすぎて。『競馬の時にマークシート書き間違えて、本命と違うやつに入れた』とか。分かる人しか分かんないから」
「お前だって配信でたまに競馬やってんだから、あの絶望は分かるだろう⁉」
「いや分かるけども！　リスナーが分からないって言ってんだよ鳥羽ァ!!」
：草
：草
：草
：マークシート書き間違えはな……
：ギャンブル素人か？
：正直競馬ネタはよう分からん
：これは鳥羽が悪い
：草
：でもたまにやるの分かる
：うっかりやらかして泣きそうになるんだよなぁ
：草
：大体そういう時に限って本命が当たるんだよなぁ
一部のギャンブル民が切実な声を上げてら。俺もギャンブルとかやんないから、正直ピンとはこない。
ギャンブルに限らず、ガチャとかもそうなんだけど。あれらは資金が限られてるなかでやるのが楽しいのであって、資金の心配がないと一気に面白さが半減するんだよな。

リスクとリターンのせめぎ合い。その独特のヒリヒリ感が人を熱くさせるのであって、リスクが低くなると反比例するように冷めるのだ。

なので俺はギャンブルがあまり分からん。ギャンブルで一喜一憂してる、それこそ鳥羽さんみたいな人を眺めるのは好きだけど。

「ともかく！　そういう理由で鳥羽はスキップ！　そして全員、覚悟はいいかな⁉　ついに大トリだよ‼」

「オッケー」

「……納得はいかんが、まあ今回はスルーしてやる。さあバッチコイ」

「……お願いします！」

「なんで皆さん、そんなに気合い入れてるんです？」

リアクションが完全に対ショック姿勢的なアレなんだよなぁ。確かにちょっと刺激的なことを書いた自覚はあるけど、そこまで構えられる……これまでの言動を振り返れ？　さーせん。

「それじゃあ、回答を表示します！　これだぁ！」

「なんか楽しくなってますよね？」

「うん。てことで、はいドン。『心臓喪失』だぁ‼」

「「「……？」」」

「だよね？　やっぱりそんな反応になるよね⁉」

：は？

：は？

：いや草。……は？

：心臓喪失？

：意味分からなすぎて草

：ハハハ面白い冗談だ。……冗談だよね？

：ちょっと何言ってるか分からないですね……

：何で生きとるん？

：いや洒落にならんが

：部位欠損ですらないレベルのきたな

：わっつ？

：一周回って草ですわよ

一瞬で配信内の空気が変わる。ライバーも、コメント欄も、理解不能とばかりに困惑しているのが分かる。文字で、声音で、動揺が伝わってくる。

「はい！　山主君ちょっといいかな⁉」

「なんでしょう根角さん」

「これは冗談的なアレではないでしょうか⁉　配信を盛り上げるための、ちょっとしたお茶目なジョーク的な！　そうであってほしいんだけど！　ちゃんと心臓あるよね⁉」

「いや、残念ながらガチなやつです。証拠もありますよ。ぶち抜かれた心臓の写真なんですけど。グロが大丈夫なら送りましょうか？　あと心臓は生やしました」

「……生やしたってドユコト？」

「普通にこう、ポーションをバシャッて」

「えぇ……」

何故そこでドン引きされるのだろうか？　ポーション使った治療法としては超オーソドックスなやり方なんじゃが。

そもそも以前の炎上で、部位欠損にも対応できるポーションを大量に所有しているのは明らかになっているわけで。

今更ポーションの使用云々で引かれるとは思わなかった。ちょっと納得いかない部分がある。

「……ちなみに写真を持ってる理由は？」

「いやちょっとした記念に。配信とかで話のタネになるかなって、デビューしてからコツコツこの手のイベントは記録するようにしてまして」

「サイコかな……？」

失礼な。配信のネタ集めは大事じゃないですか。せめて仕事熱心とか、意識高いって感心してほしいんだけどなぁ。

あとはまあ、己のしくじりを忘れないための戒めという面もある。念のため言っておくと、人様に顔向けできない趣味嗜好《しゅみしこう》をしているわけではない。断じてない。……それでも一般人視点だと刺激的すぎるのは否定しないが。

実際、心臓をぶち抜かれたことを話題に挙げてから、急速に配信内の温度が下がり続けている気がする。

個人的にはそこまでグロくはない心臓の写真すら、誰も見たいとは名乗りを上げなかったほどだ。食い気味に遠慮されてしまった。

「写真はいらないかー。そんな身構える必要ないと思うんですけどねー。傷口を見せるわけでも、痛がってる様子を見せるわけでもないですし。標本と大して変わらないでしょうに」

「ソナタちゃんがおかしいのかな？　ちょっと何言ってるか分かんないや……」

「安心しろ。俺もだ」

「私も」

「どう考えてもトラウマものですよ」

：コメントがガチサイコすぎて笑えないんだけど

：自分の心臓を標本と同じ扱いするとかマ？

：配信ＢＡＮくらうレベルでアウトなんだよなぁ

：心臓だけなら確かにワンチャン？

：山主の言ってることは分かる。……自分の内臓という面を除けばだけど
：ハートキャッチ（物理）
：肉食えなくなるわ
：医者とかじゃないと言えない台詞なんよそれは
：一般人に求めるのは酷やなぁ
：ヒエッ……
：素で言ってそうなのが怖い
そんなもんかなー。最近はあまり見ないけど、ちょっと前までは人体の映像とかテレビで流れてたのに。
ほら、医療系のドキュメンタリー番組。手術中の映像とか一昔前はあったじゃん。
『ゴッドハンド』とか題名付けて。
ま、この辺りは時代かね。価値観の相違というやつなのだろう。コメ欄にもこっち寄りっぽい意見がちょくちょくあるし、職によるって感じなのかなぁ。
「……てかさ、根本的な疑問なんだけどよ。何で心臓取られる羽目になったの？　そもそもなんで山主君は生きてんの？」
「あ、やっとそこにツッコミ入れてくれた！　だよねだよね!?　まずはそこからだよね!?」
「普通に考えればし……んんっ。今ここにはいないはずだよねぇ」

「そもそもうっかりで片付けていい内容でもないですし……」
：うっかり（致命傷）
：それはそう
：根本的な疑問に触れちゃったかー
：ダンジョンで片腕欠損とか、普通に考えれば○んでるんだよなー
：山主さんにはポーションがあるから……
：いやでも、ダンジョンでもうっかりはあるからなぁ
：そんなうっかりがあってたまるか！
：怪我自体は、ダンジョンに潜ってれば普通にありえるけど……
：下手すりゃ致命傷なんだよなぁ
うーむ。何故、何故かぁ……。この場合、なんて答えればいいんだろうね？　いや、この回答を用意した時点でツッコまれるのは分かってたし、ちゃんと説明自体はできるのだが。
問題なのは、その内容が本当に大したことなく、第三者がそれを聞いて納得できるかという点でして。
「いやその、じつはその日に予定があったんですが、それをうっかり忘れてまして。で、戦闘中にそのことに気付いて『あっ、やべっ⁉』ってなった瞬間……ドスッて」
「本当にうっかりじゃねぇか⁉　やらかすにしても笑えねぇだろ⁉」

「えへへー」

「そんな照れる、みたいな反応しないで？　てか、心臓ドスッてやられたら死ぬよね？　普通死ぬよね？」

「それが案外そうでもないんですよー。心臓は結局のところ血液のポンプですから。なくてもわりと動けるのです」

「……つまり、失血死しない内に急いでポーションで治療したと？」

「いえ。まずカウンターで相手をたたっ斬って、ちゃんと仕留めてからポーションで回復しました」

「修羅《しゅら》かな？」

治療前に周囲の安全を確保しただけでございます。極めて合理的な判断だったと自負しております。

あとはアレだね。急所潰したことで、モンスターが隙を見せたからって理由もある。あの瞬間を狙うのが一番手っ取り早かったし、予定思い出して急いでいたしで、これ幸いと利用させていただきました。

実際、肉を切らせて骨を断つなんて言葉もあるわけで。戦術としては間違ってないのよね。もちろん、後々に影響が出るなら悪手《あくしゅ》だけど、回復の当てがあるなら普通に選択肢に入ると思っている。

「……なんというか、よく笑ってられるね本当。普通に考えたら、探索者なんてもうできなくなるレベルのトラウマ案件じゃない？」
「ＨＡＨＡＨＡ。この程度で怯《ひる》んでたら、探索者なんてやってられませんよ。死ぬ気で動いて一回死んで、そこから気合いで蘇《よみがえ》ってようやく一人前です」
「覚悟ガンギマリにしても限度がねぇか？」
「探索者ってそんな怖いの……？」
「あの、気合いで復活しないでくれません？」
：酷い風評被害を見た
：探索者が全員そこのバケモノと同じだと思わないでほしい。切実に
：やってることが某宗教の神の子と同じなんですがそれは
：心意気にしたって大概すぎるんだよなぁ
：それができるのはもう人間じゃねぇんだわ
：それつまり山主さん一回は死んでるってことでは？
：成仏してクレメンス
：常識を一回摺《す》り合わせてどうぞ
：人間を何だと思ってるんだ
：一人前の定義おかしいだろ
いやいやいや。これに関してはガチのガチだから。探索者として成功している側の分析なんだから、他の人間が否定したところで意味はないでしょ。専門家と素人、どっちの言

葉を信じるかって話よ。

いや、そもそも論として。モンスターなんて理外のバケモノと戦うのなら、自力で奇跡の一つも起こせなきゃ話にならないだろうに。人間、やれば意外と無茶も通せるんだから。

……さすがに脱線がすぎるからこれ以上は言わんけども。

「――うん。アレだね！　ざっくりまとめると、私たち一般人では山主君の感覚は理解できないってことだね！」

「もう手に負えないって理解した瞬間、一気にまとめにかかったな」

「うるさいんだよ鳥羽ァ！　これ以上掘り下げてもアレだろ！　収拾つかなくなるのは明らかだろうが！　時間も時間なんだから、これは司会として当然の判断じゃい！」

「それはそう」

現在時刻は、二十二時をすこし過ぎたところ。打ち合わせで設定されていた終了時刻を少しオーバーしてしまっているので、そろそろ企画の〆に入るべきって意見はその通り。

「分かればよろしい！　それでは最後にゲストの皆さんの感想と、告知があればそれもお願いしてから締めたいと思います！　ではまず、んー、根角ちゃんからいきましょう」

「はい！　今日は――」

かくして、山主ボタンの初の外部コラボは無事に終わった。少しばかり皆さんを振り回してしまった形になったが、とりあえず各方面にインパクトは残せたのではないかと思う。つまるところ万事ＯＫである。

CHAPTER 03

OSHI NI SASAGERU DUNGEON GOURMET
Volume_02

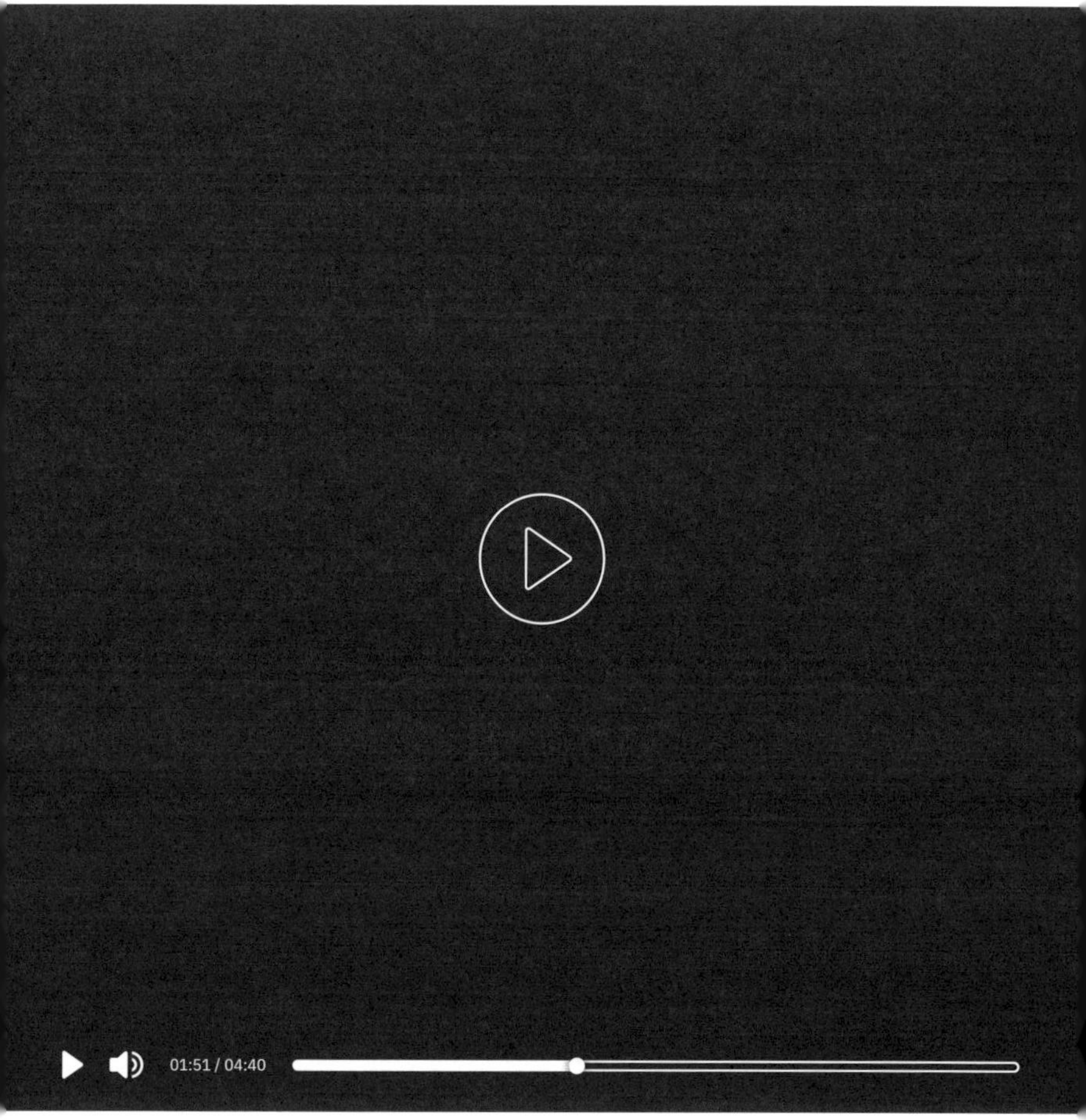

第三章　目玉焼きと、ダンジョンの動画

A strong explorer debuts as a streamer and aims for a gourmet collaboration with his admirer.

探索者お悩み相談スレ

222　名無しの探索者
つまりどういうことだってばよ？

223　名無しの探索者
>>222
中層の水辺は死ぬ。特別な用がなければ見かけた瞬間に回れ右安定

224　名無しの探索者
>>222
死神がいる可能性があるから近寄るな。運悪く遭遇したら冗談抜きで全滅するぞ

225　名無しの探索者
ほんまクソデカ甲殻類君さぁ……

226　名無しの探索者　ID　OOO
俺の知り合い、あのザリガニの不意打ちゲロビで腕持ってかれたんだよなぁ。ギリー命は取り留めたけど片腕なくして引退した

227　名無しの探索者
俺のホームのダンジョン、階段に続くルートのど真ん中に奴《やつ》らの生息エリアがあるせいで、大幅に迂回《うかい》せにゃならんのよな。本当にクソ

228　名無しの探索者
>>226
ヒエッ

229　名無しの探索者
>>226
水辺の近く通っただけでとんでくるウォーターカッターとか理不尽すぎるんだよなぁ

230　名無しの探索者
>>226
その知り合いはドンマイだけど、生きてるだけ運がええわ

231　名無しの探索者　ID　OOO
>>230
それな。ザリガニとはかなり距離が離れてたのと、被弾したのがソイツだけだったから、仲間に抱えられながら全力で逃げたらしい。おかげで死者はゼロだったと。不幸中の幸いだよな

232　名無しの探索者
ザリガニに絡まれて死者ゼロなら幸運すぎる

233　名無しの探索者
どっかのVTuberさんのせいで一部界隈《かいわい》では雑魚《ざこ》みたいな扱い受けてるけど、実際は洒落《しゃれ》にならないレベルの絶望だからな

234　名無しの探索者
ボタンニキェ……

235　名無しの探索者
あのバケモノはホンマさぁ……

236　名無しの探索者
絵畜生はマジで自重して

237　名無しの探索者
安易な情報発信の結果、犠牲者が増えるという現実を忘れないでくれ

238　名無しの探索者

子供たちに妙な夢を見させるなよマジで。探索者とか職業としてはアングラもアングラだってのに

239　名無しの探索者
えぇ。なんでいきなり山主《やまぬし》さんに苦情言う流れになってんの？　俺、あの人のファンだからショックなんだけど……

240　名無しの探索者
>>239
おん？　掲示板は初めてか？　ここにはいろんな考えを持った人間がおるんやで

241　名無しの探索者
>>239
なんでもなにも、探索者の中じゃあの人の評価ってかなり賛否両論だぞ？

242　名無しの探索者
人間性は脇に置いとくとしても、やってることはあまり褒められたことじゃないからなー

243　名無しの探索者
最上位探索者によって、探索者のキラキラした部分だけ世の中に宣伝されると困るねん。割りを食うのは一般探索者だし

244　名無しの探索者
インフルエンサーによる風評被害ってやつだ。誤った情報が拡散された結果、それを真に受ける馬鹿は絶対に出るしな

245　名無しの探索者
質問です。あるVTuberさんが中層？　ってところで出てくるザリガニのモンスターを美味《おい》しそうに食べてました。私も食べたいのですけど、倒すのに協力してくれる人はいませんか？

こんな感じのことを訊《たず》ねる馬鹿が絶対に増えるぞ。勘弁してくれマジで

246　名無しの探索者

探索者をネトゲの延長と考えられたら堪《たま》らんわな

247　名無しの探索者

実際に他のスレで、山主さんみたいになれるか質問してた奴チラホラいたわ。現実見ろと論破されてたけど

248　名無しの探索者

Q.　中層のザリガニとやらを倒す方法を教えてください
A.　戦車用意して乗りこなせればワンチャンあります。生身？　小回りの利く戦車に勝てる自信があるのなら挑戦してみてはいかがですか？

249　名無しの探索者

Q.　どうすれば山主さんみたいになれますか？
A.　あなたはごっこ遊びをすれば実際に漫画の主人公になれると思っているのですか？

250　名無しの探索者

Q.　探索者は心臓を抜き取られても戦えるって本当ですか？
A.　探索者も人間です

251　名無しの探索者

配信するたびに探索者のイメージを現実と乖離《かいり》させるのはやめてクレメンス

252　名無しの探索者

やってることは素直に凄《すご》いし、配信も面白いとは思う。ただそれはそれとして、情報発信には気を遣っていただきたいところ

253　名無しの探索者

正真正銘、大勢の夢の体現者ではあるんだけどな。でも実際問題として、その夢を叶《かな》えるには分厚い壁があるということもセットで伝えてほしいよな

254　名無しの探索者

いやまあ、配信を観《み》る限り現実についてもコメントはしてるんだけどね。ただ当の本人の話し方が軽すぎるから、シリアスさに欠けてしまうのが難点

255　名無しの探索者

子供の将来なりたい職業で探索者なんて言われたら、ちょっと大人として頭を抱えたくなってまう

256　名無しの探索者

探索者に夢があるのは否定しないし、それで飯食ってる身としては強く言えないんだけども。それでもベットしてるのは己と仲間の命なんよ

257　名無しの探索者

なにがアカンって、探索者は危険な癖にわりかし簡単になれてまうことなんよな。未成年が配信者や芸能人に憧れたところで、そう簡単になれるもんでもないし、道の途中で躓《つまず》いても失うものはせいぜい金や。でも探索者はバイト感覚で始められるし、そこで下手を打てば怪我《けが》で人生が詰むor終わるわけで

258　名無しの探索者

言い方はアレやけど、山主さんの登場でダンジョン内での死者は絶対増える

259　名無しの探索者

ダンジョンに潜る時点で自己責任と言えばそれまでだが、変に憧れだけ植え付けるようなことはしてほしくないよなぁ

260　名無しの探索者

なお山主さんは『探索者なんて、一回死んで気合いで蘇《よみがえ》って一人前』と考えてる模様

261　名無しの探索者

>>260
修羅《しゅら》かな？

262　名無しの探索者

>>260
人間は死んだらそれでお終《しま》いなんですがそれは

263　名無しの探索者

価値観が違いすぎてもうどうしようもねぇな

264　名無しの探索者

バケモノは理解できないからバケモノってそれ一番言われてるから

265　名無しの探索者

だからと言って子供を地獄に誘導するのは大罪なんだよなぁ

266　名無しの探索者

そこはもう善良な大人が奔走するしかないわな。広告塔は目立つことが仕事だし

267　名無しの探索者

まあ、探索者って職を社会にアピールするのも大事よ。なんだかんだで、社会にとって欠かせない産業になっちまってるし

268　名無しの探索者

>>266
悪目立ちって言葉がありましてねぇ……

269　名無しの探索者
そういえばSNSの方で、山主さんがまたなんか呟《つぶや》いてたぞ。配信用に用意したダンジョンの動画の編集が終わったって

270　名無しの探索者
またぞろなんかやらかす気かあの人は……

271　名無しの探索者
絵畜生は自重しろってだから

CHAPTER 03

第三章　目玉焼きと、ダンジョンの動画

□□□

「――はい、皆さんこんばんは。デンジラス所属のスーパー猟師。山主ボタンです。今日は料理配信となっております」

：きちゃ
：ばんわー
：地味に久しぶりな料理配信
：わーい飯テロだぁ
：今日はなんの料理なんだろ？
：またやべぇ食材が見れるのか
：今日って前のコラボで話してたスタジオでやってるの？
：最近ずっとコラボだったからなぁ

：こんばんはー
　恒例となった開幕の挨拶。内容は薄めで、必要以上の情報は語らない。代わりにコメント欄に意識を向け、配信が正常に行われているかをチェックする。

「……よし。音声とかは大丈夫そうですね。それじゃあ、いつも通り前置きは最低限に。サクサクっとメインに移っていきましょう。なお、今日は自宅での配信です。前に話したスタジオは、大型食材やコラボの時に使うつもりなんで」

　今日予定しているのは、比較的小さめというか、食材さえ用意できればわりと誰でもできそうな内容だからね。わざわざ料理スタジオを使うほどのものではないのだ。

　あと単純に、まだスタジオは使えない。契約やらなんやらが完了していないのである。

　他にも設備のチェックだとか、必要になりそうな食器の購入だとかもしなきゃなので、本格的にスタジオを始動させるにはもう少しかかる見込みだ。

「というわけで、キッチンにGOしましょうか」

　さて。いつものように画面を切り替え、料理の準備に取り掛かるとしよう。

　カメラよし、画角よし、映り込み対策よし、その他諸々《もろもろ》よし。問題ないことが確認できたので、配信を再開する。

「はい、では今日の飯テロですが。シンプルに卵料理で優勝していこうと思います。というわけで、ドンッ」

：卵かぁ

：うわデカッ
：なにそれダチョウの卵？
：でかぁぁぁいッ（説明不要
：一体なんの卵なんですかねぇ……？
：ダチョウのそれより多分一回りぐらい大きいんですが
：そもそもそれ鳥なの？　もっと違うナニカだったりしない？
：デカッ
：目玉焼き何個作れんだろ？

うむうむ。コメント欄の反応も上々のようだ。パッと見では大きいだけの卵だし、これまでの食材よりもインパクトが弱いかなと心配してたのだが。意外と好評っぽくてなによりである。

とはいえ、世の中にはダチョウの卵ってやつが流通しているのも事実。絵面だけだと、偉大な先達《せんだつ》である配信者のお歴々が既に実現させてしまっているわけで。このままだと何番煎じ的な印象は否めない。

なので、今日は如何《いか》にありきたりな絵でリスナーたちを楽しませるかってのを、密《ひそ》かな課題として設定しておくことにする。というか、そのあたりの学びのために今回の配信内容を決めていたり。

「えー、この卵ですが、じつはドロップするモンスター自体は既出だったりします。——

はいそうです。俺がこれまで扱った食材で、卵を落としそうなモンスターといえば……覇《は》軍鶏《しゃも》ですね。なにそれ知らんという方は、Tweeterの方に以前載せた写真を再びアップしておくので、そちらで確認くださいな」

：鶏油《チーユ》の時のアレか
：でたあのクソデカ鶏《どり》
：言われてツイーター見てきたけど、なぁにあれ……
：岩を蹴りで粉砕してる写真、何度見ても恐ろしすぎる
：あれ絶対に鶏じゃねぇから
：確かにあのサイズの鶏なら、その卵も納得かも
：あれもう一周回ってギャグだろ
：地上にモンスターがいないことが、どれだけ幸運かが分かる写真よな
：そもそも何故《なぜ》写真撮る余裕あるんだって話
：草しか生えん

HAHAHA。こういう反応を見るたびに楽しいって感情が湧くよね。今度プレミアム公開する予定のダンジョン映像でも、是非とも似たようなリアクションをしてほしいところ。

いやー、以前に企画を練ったものの、編集作業やらなんやらで、なかなか発表できなかったダンジョン内の映像。それがようやく公開できる目処《めど》が立ったのだ。

時間がかかった分、追加のお楽しみ要素も練り込むことができたので、そのへんの告知も今日の配信終わりにしたいなって。

特にここ最近、ダンジョンの実態を軽く語ったり、俺の経験談を伝えたりしたわけだしね。ここで一発、ダンジョンの真価みたいなのを知らしめたいところ。

既に俺の異常性はバレてるし、VTuberとして活動していけば否応《いやおう》なく拡散されていくであろう情報だ。そしてそれを抜きにしても、いつか判明すること。いや判明しなければならないことだ。

ならば俺が利用させてもらおうじゃないか。と、時間の問題であるのならばネタとして一番美味しい時期にぶちかまして、話題を搔《か》っ攫《さら》ってしまおうじゃないかと。……ね？

「で、卵です。皆さんは、卵といったら何を連想しますか？　ちなみに俺は目玉焼きです。異論は認めます」

ま、それはさておき。今はこの配信だ。今後投下する予定の爆弾が、最高の威力を発揮するためにも。配信を成功させ、コツコツ人を呼びこんでいかなければ。何事も下準備が大事なのだから。

「てことで、今日はこのクソデカ卵で目玉焼きを作っていきます。それをパンと一緒に食べる王道の朝食メニューですね」

：目玉焼きとパン！　これは優勝間違いないやつ！

：シンプルに美味《うま》いやつじゃないですかぁ！

：クソデカ目玉焼きとパンって最高に頭悪くない？
：塩コショウで卵の旨味《うまみ》を味わうのが最高なんだよなぁ
：美味そう
：いいよね目玉焼き。ソースかけて食べるの最高
：いいね
：なんか戦争の匂いがしてきた
：醤油《しょうゆ》（小声
：かけない派だっているんですよ!?　ちなみにサラダとかもなにもかけない派です
：どんどん火種が投下されてて草わよ
：治安が悪くなってきたな

人の配信のコメント欄でなに火遊びしてんだか。ちなみに俺はソース派です。
「ハイハイ。味の好みは人それぞれでしょ。勧めるのはともかく、押しつけたり否定したりするのはイケマセン。お互いの好きを尊重しましょうね。——ところで話は変わるけど、俺ってタケノコ好きなんだよね」

：秒で新たな火種を撒《ま》くな
：草
：さてはより大きな戦争をお望みか？
：それを言っちゃあお終いだろう!?

：草ァ！
：途中まで素晴らしいこと言ってたのに……
：リアル人類最強疑惑のお人が参戦表明だと……？
：キノコ派としては笑えないんだが
：これはもう永きにわたる戦争も勝負あったのでは？
：霊長類最強（ネタ）と人類最強（ガチ）のコラボは笑えないんですが
：もう駄目だぁお終いだぁ……
：キノコが絶滅する未来が見える……
：草

ゴメンて。でもやっぱり俺としては、タケノコのしっとりサクサクとしたクッキー部分がですね。……これ以上は本気で戦争が勃発するので止《や》めとくか。

「ま、話を戻して。それじゃあ、調理に取り掛かりましょう。今日は目玉焼きとパンということで、材料はとてもシンプルですね」

覇軍鶏の卵。出先で買ったパン一斤。マーガリン。塩コショウ。使うのはこれだけ。香味野菜やら付け合わせの食材とかもない。

「ちなみにマーガリンだけど、これは個人的な好みの問題なので別にバターでも大丈夫です。……マーガリンのが美味いって感じる人どんぐらいいる？」

：マーガリン派

・・個人的にはバターのが好き
・・まあ諸説よな
・・バターのが高級的なイメージあるよね
・・用途によるとしか
・・バター派
・・パンにはバターやろ
・・マーガリンのが安いからマーガリンです……
・・マーガリンが身体《からだ》に悪いのはデマなんだっけ？
・・バターやろ
・・俺はバター
・・安いからマーガリン
・・どっちでもええかな

ふむふむ。やっぱり派閥としては半々ぐらいな感じかなぁ。まあ、こういうのって値段やらの問題はもちろんだけど、実家で長年使っていたかどうかも結構大きかったりするからね。

食にこだわりがある人なら、細かい部分までしっかり気を遣うんだろうけど、大半の人間はそうじゃないし。大抵は慣れ親しんだほうを使うんじゃないかなと予想。俺は実際それでマーガリン派だし。

「ま、それはともかく。まず目玉焼き……の前に、こっちのパンをざっくりカットしていきましょうかね。大体六等分ぐらいかなぁ」

ある程度の厚さを決めたら、いつも通り包丁でスパパッとカット。食感の違いを楽しむために、半分はトーストしていただきましょう。

ただどうしよっか？　さすがにトースターのサイズ的に三枚は入らないし、かといって二回に分けるのはテンポも……ちょっと斜めに重ねるか。ざっくり焼き目がつけばそれでいいし、一枚が多少分厚くてもいけるだろ。

「……うし。なんとか入った。それじゃあタイマーセット。ではでは、お待ちかねの目玉焼きに移りませう」

まずはフライパン。サイズの問題もあるので、前にも使用した中華鍋でやっていきましょう。そんで強火にかけて、湯気が出てくるまでチンチンに熱したら、と。

「最初は油。つまるところマーガリンです。そして量は……全部じゃい！　はいドボン！」

：草
：全部!?

：俺の気のせいじゃなければ、今のマーガリンほぼ新品じゃなかった？

：草
：えぇ……

：いきなりとんでもないことして草
：カロリーがががが
：いやまあ、卵のサイズ的に結構な油がいるのは分かるけども……
：うわぁ。鉄鍋の中にマーガリンの泉が出来てるやんけ
：草ァ！
：店でしか見れないやろこの光景
：ヒエッ
うーむ。いい感じにコメント欄からドン引きの気配が漂ってますねぇ。映像がもう不健康極まりないので、ドン引きされてもさもありなんって感じだが。
ただ勘違いしてほしくないのは、これは別に悪ふざけでやったわけではないということだ。大量にマーガリンを投入したのには、しっかりとした意図がある。
「えーと、簡単に説明するとね。今回の目玉焼きの調理法なんだけど、単純に普通に焼くより油を使うんだよね。前にチョロっとどっかの料理チャンネルでやってたのを見て、それ以来やってる目玉焼きの作り方なんだ。こう、油に浮かべながら、熱した油を回しかけるんだよ」
：なにそのシャレオツな作り方
：ちょっと美味そうなのやめーや
：あー、やっぱりか。そんな気はしてたわ

：へー。今度ちょっとやってみよ
：なんだかんだ言いつつ、山主ってちゃんと料理詳しいよね
：目玉焼きにそんな焼き方あるんか
：普通に油ひいて卵割って、ちょっと水加えて蒸すだけかと思ってた
：海外の調理法かな？
：アレかぁ
：オサレやん

なんだっけ？　ポワレ……いやアロゼ？　詳しい名前は忘れたけど、欧州の方の調理法だったような気がする。

まあ、揚げ焼きの一種というやつだ。件《くだん》の動画ではオリーブオイル、それもニンニクやら鷹《たか》の爪やらを突っ込んだものを使ってたのだけど、それのマーガリン版。美味ければ細かいことはどうでもいいのだ。

とにもかくにも、大量のマーガリンに浸して加熱するのがこの調理法の肝。卵のサイズがサイズなので、使用するマーガリンがとんでもない量になってしまったが、その辺りはご愛嬌《あいきょう》。

普通の人間ならいろんな意味で早死にしそうな光景ではあるけれど、アホみたいに動いてエネルギーを消費し、大量のポーションを所持している俺にとっては関係ない。体調不良怖くない。ジャンクフード万歳。

「うん。マーガリンもいい感じになってきたから火を弱くして、と。じゃ、そろそろ卵も入れようか」

なお、普通の卵みたいに割るのは無理なので、動画とかでよくあるダチョウの卵と同じ方法で処理していきましょう。

卵を縦にして、中の黄身を傷つけないよう下に移動させる。で、てっぺんの部分をハンマーかなんかで叩《たた》いて、ぐるっと罅《ひび》を一周させるアレだ。……俺の場合は、包丁で上の部分をスパッと切り飛ばして終わりだが。

「えっと、油が跳ねないようにゆっくり……ととっ！　ヨシッ、黄身も無事にいけたわ」

：予想してたけどデッカッッッ!?

：うわスゲェなオイ

：この油の音ォ！

：もう画面で分かる美味いやつ

：卵の黄身もめっちゃ濃いやん。絶対に濃厚じゃん

：これは飯テロ

：油で揚げる音ってなんでこんなに素晴らしいんだろうねぇ……

：明らかに身体に悪い。そして確実に美味い

：わぁお

：デカイ

∴説明不要なデカさ

バチバチ、ジュージュー。……なんだろうね。口で説明したり、文字に起こすと幼稚なことこの上ないが、実際に体験するとやっぱり攻撃力が違うわ。

油の音だけで美味いと分かる。目に入る光景だけで食欲が掻き立てられる。香りだけでどんどん幸福度が上がっていく。

火が通っていくことで、徐々に色づく白身。さらにスプーンで熱々のマーガリンを何度も回しかけることで、全体がぷくぷくと膨らんでいきとても眼福。

「この調理法のなにがいいって、簡単に黄身がトロットロに仕上がることなんですよ。加熱した油をかけることで狙った部分に熱を通せるから、焼きすぎを防げるのよ。特にこのサイズのクソデカ卵だと、こうしないと多分半熟とか無理だからさー」

俺は目玉焼きは半熟が好きだ。それも割と生よりの。トロットロの黄身をパンに絡めるのが堪らないのだ。

だからこそ、この調理法。自分の手で加熱具合を操作するこの方法。白身はしっかり熱を入れつつ、黄身の部分を半熟に保てるこの方法が好きなのだ。

「……はい。後はこれを大皿に移して、最後に全体に塩、粗挽《あらび》きのブラックペッパーをかけて完成です」

よっと……うし。無事に黄身を潰さずに皿に移せた。最終的には潰すことになるとはいえ、やはり食べる前は形を保っていたかったから、ホッと一安心である。なんといっても見栄えは大事。配信だし。
「んじゃ、移動するから待機画面で暫《しば》しお待ちを。ついでにトーストを回収してくるわー」
サクサクッと機材を回収。そしてテーブルに移動。んで、トーストを目玉焼きの横に添えまして……はい完成。
ぷるぷると震える巨大な半熟の黄身。大皿いっぱいに広がる白身。部屋中に広がるマーガリンの香り。その横にはふわふわのパンと、こんがりきつね色に焼かれたカリカリのトースト。
「はい戻ってきたよー。そして見てこれ。最高では？」
：そうだね
：美味そうなのは否定しない
：カロリー……
：草
：絶対に美味いやつだろうけど、絶対に身体に悪い
：まさか溶けたマーガリンを捨てずに全部皿に移したん？
：太るぞ？
：ジャンクよりジャンクなのやめーや
：マーガリンでビッタビタやん

：血圧……
：血管切れそう
：草

なんでや。溶けたマーガリンも美味そうやろがい。……いや、リアクションとしては、コメント欄の方が正しいのは分かっているけれども。

でも、わざわざ捨てるのはもったいないじゃないか。サラダ油とかじゃないんだし、揚げ焼きだけして廃棄ってのは流石《さすが》にねぇ？

まあ幸いというべきか、皿に溜《た》まった大量のマーガリンも、処理自体はかなり簡単だったり。なにせ今回は一斤丸ごとのパンがあるわけで。黄身とかと一緒にディップすればペロリと平らげることができる。

「カロリー爆弾なのは認める。……でもご安心を。こちとらアスリートよりも身体を酷使してる探索者なので。この程度じゃ太ることすらできないのです。てか、健康なんてポーション使えば一発だし」

：それ食って太れないとかマジで言ってる？
：全世界の女性を敵に回したぞ今
：草
：デブ食だろそれふざけんな
：草

：ポーションの使い方ではなくない？
：天上人の価値観じゃないですかやだー
：非難囂々《ひなんごうごう》で草
：羨ましいぞコンチクショウ！
：……つまりポーションさえあれば人間ドックに引っかかることはない？
：草
：贅沢《ぜいたく》がすぎる
：ズルやろそんなん

ＨＡＨＡＨＡ。キミたちもモンスターと日夜殺し合いをするようになれば、太る太らないとか気にしなくなるよ。そもそも痩せる、いや筋肉を落とすような考え方をしなくなる。

実際、探索者というのは男女問わず大食いが多い。食わなきゃ死ぬぐらい過酷だし、美味いものを食べて精神を安定させなきゃそれはそれで死ぬ。モンスターを相手にガチの生存競争をやっているようなものなので、エネルギーを蓄える方向に本能が切り替わる。

よく勘違いしている人がいるけど、探索者ってアスリートじゃないのよ。彼らは競技に最適な肉体を追求しているし、競技によってはルールで体重などに制限が掛かっていることもある。対して、探索者は真の意味でなんでもありだ。

殺すために武器を振るう。目的のために道なき道を進む。長時間動き続ける。

そこに最適なんかないし、第一にくるのは生き残ること。だからこそ、身体のパフォーマンスが落ちるギリギリまでエネルギーを蓄えるようになる。

なので食関係の健康面では、一般人と探索者では考え方が違うのは当たり前。正直言って、味以外じゃ大なり小なり探索者はズレてると思う。

「ま、アレだよ。別にキミたちが食べるわけでもなし。なので気にする必要ナッシング、ってね」

重要なのは美味いかどうか。そしてリスナーたちが観《み》ていて美味そうと思えるかどうかだ。

そして現状の反応は微妙。もちろん美味そうとは思っているだろうが、今までの配信よりも引き気味になっているのは事実。

彼らが引いているのは、身近な存在であるマーガリンが、自分たちの常識以上に使用されているのを目にしているから。身近だからこそ、自分の身に置き換えてイメージしてしまっている。

「てことで、はいとろぉ〜」

——ならば、やるべきことは一つ。半熟かつ巨大な黄身にナイフを入れて、そのインパクトとともに大量のマーガリンを物理的に見えなくする。

「……ヤバくない？　ねぇこれヤバくない？」

：ヤバい
：うわ凄い量

：オレンジの洪水だぁ
：なにこれ凄い
：デカイのは知ってたけど、こうして見ると本当に凄いな……
：絶対に濃厚なやつじゃん！
：美味そうなんだが!?
：卵何個分よこれ
：美味そう
：もはや黄金
：エグい

ふっ、結果は大成功。大皿を塗り潰すかのような黄身の奔流は、リスナーたちが抱いていたマーガリンへの抵抗感を一瞬で押し流したようだ。

そしてこの好機を見逃してはならない。浮き立っている彼らが正気に戻る前に、パンをちぎってトロトロの黄身にディップ。

「まずは素材の味を重視して……んぐ、っかぁぁ！　ヤッバいなこれぇ!?　ウッマこれウッマ!!」

一口。それだけで濃厚な卵の旨味が口いっぱいに広がる。アレだけ大量に使っていたはずのマーガリンの風味すら押《お》し退《の》け、見事に黄身が主役に居座っている。

卵を何十倍も濃くしたようなインパクト！　薄《うっす》らと存在するマーガリンの風味。そこに加わるブラックペッパーのキレ。

「今度はトーストで。白身も一緒に載せて……っまい！　このカリカリ感がまた素敵ですねぇ！」

：うわぁ……

：パンが調理中のフレンチトーストみたいな色になってら

：ヤッバ……

：食べたいんだが

：明日の朝目玉焼きにするかぁ

：なんて犯罪的なんだ……

：もはや卵液なんだよなぁ

：画面の暴力が酷《ひど》い

：これは許されませんねぇ！

：トーストがドロってなってる

：黄身に浸《つ》かっとるやんけ！

いやもうヤバいね。毎度のことではあるけれど、本当にダンジョン産の食材ってヤバいわ。

なにが凄いって、白身の部分もまた美味いんだよ。カリカリふわふわで、マーガリンの風味もしっかりついている。

それでいてちゃんと白身の味も感じるのがね。口当たりはキャラメリゼしたプリンみたいなのに、デザートじゃなくて『飯！』って感じがするんですよ。

ここに『卵の旨味を数十個ほど濃縮しました』的な黄身が合わさるともう最高よ。手が止まらない。本当に止まらない。気がついたらパンも目玉焼きも半分になっていたぐらいだ。

「……おぅ。思わず素材の味だけで完食してしまうところだった。危ない危ない。これではソース派の名が廃るというもの。てことで味変タイム！」

さあお馴染《なじ》みの犬のソースを構えよ！　黄身のプールに艶《なま》めかしい黒を添えてやれ！

「コレだよコレ！　やっぱり目玉焼きとパンだとこうでなくちゃ！　いざ実食！」

ソースと黄身をふんだんに絡めて、さらに白身をオン。そんでパクリと一口。

「…………………わぁ」

あ、コレ駄目だぁ。脳が蕩《とろ》ける。あとパチッて何かスパークしてる。

エグい美味い。なんだこれ。トリップってこういうのを指すんだろうな。

豊潤な黄身の旨味に、ソースの塩気とほのかな酸味が絶妙なアクセントを加えている。味のコントラストとはなんぞやと問われれば、真っ先にこの目玉焼き＋ソースを挙げたくなる完成度。

「……リスナーよ、許せ。今日は食レポできない回だ」

結果。冗談抜きで黙々と食べ続ける羽目になった。目玉焼きとソースのマリアージュって、なんでこんなに美味いんですかね？

なお、頑張ってダンジョン動画の告知はした。真面目に忘れかけたけど。

□□□

機材チェックOK。諸々の設定も問題なし。配信画面も確認……コメント欄も含めて異常なし。準備完了。それじゃあ、配信開始。

「やっほー！　デンジラス四期生の雷火《らいか》ハナビでーす！　事前に告知してた通り、今日はボタンのプレミアム配信を、同時視聴する枠だよ！」

：きちゃ

：こんぱちー

：こんぱちー

：こんぱちー

：待ってた

：同時視聴楽しみ

：こんぱちー

：きちゃぁ
：同期仲が良さそうでなにより
：どんなリアクションになるんやろなぁ

恒例となった挨拶をしつつ、チラッとコメント欄を確認。……とりあえず、荒らしっぽいのは今のところいなそう。よかった、よかった。

今日の配信は普段のそれとは違って、間接的なコラボみたいなもの。そして相手はいろんな意味で注目され続けているボタンだから、面倒な手合いが湧かないか不安だったんだよね。

でもひとまずは大丈夫そう。なら予定通り、今回の配信の趣旨の説明に移ろっかな。

「それじゃあ、まずは企画の説明から。ツイートで軽く説明してはいるけれど、知らない人もいるだろうしね。今回は私の同期、山主ボタンが手掛けたダンジョンのムービーを同時視聴する枠だよ。なお、これはボタン本人からお願いされたことなので悪《あ》しからず」

ちゃんと予防線を張りつつ、ことの経緯を含めてリスナーの皆に配信内容を語っていく。じゃないとちょっとイメージしにくいからね。

実際、私も最初はビックリしたし。まさかボタンからこんな依頼がくるなんてさ。本人曰《いわ》く『知り合いのリアルタイムな反応が見たい』とのこと。気持ちは分かるけど、どうなのそれ？

いやまあ、ボタンのダンジョン動画は普通に興味あったし、元々私的に動画は観るつもりではあったからいいんだけど。それが大手を振って配信に絡めることもできたんだから、私としてはありがたい限りだ。

なにせボタンは、今やデンジラスの頂点の数字を抱え、業界の最前線をひた走るトップVTuber。打算的な話になるけれど、彼と絡むとそれだけで数字がアップする。特にダンジョンに関わることだと、その注目度はVTuber業界すらたやすく飛び越える。

だから今回の話に私は乗ったわけだ。公私ともにメリットがあって、なおかつボタンの方からの『お願い』だから。断るという選択肢なんてなかった。

「注意事項として、さすがに向こうの映像を流すことはできないから、リスナーの皆は各自で二窓とかしてもろて」

：りょ

：いやー、どんな映像なのか楽しみですなぁ

：向こうの待機人数がエグいことになってるんですが……

：配信開始十五分前で五万オーバーってマ?

：相変わらずやべぇなボタンニキ

：エグいエグいエグい

：絶対にV界隈以外の奴らも観てるぞアレ

：まあ結構な確率で世紀の大発見クラスだろうし……

：速報　ボタンニキの告知ツイート、各国のダンジョン系インフルエンサーたちにこぞっ

てRTされてる模様
：なんかどんどん待機人数が増えていってるんですが
：やっぱり山主エグいな
：なんならVTuber業界以外の知名度のが高いまである

んーむ。分かってはいたけど、本当に凄いことになってるなぁ……。コメント欄は国際色豊かなんてレベルじゃないし、えげつない勢いで視聴者数が増加していってる。ワールドカップのライブ放送か何かかな？

ここまで来ると、シンプルに笑うことしかできないよねぇ。同期だけど嫉妬すら湧かない。配信内容が異色すぎて、そもそも比較対象にカテゴライズされてなかったりするのだけれど。

そのお陰というべきか、案の定私の配信にも人が流れているっぽい。ご丁寧なことに向こうの動画の概要欄にも、こっちの配信のリンクを載せてくれているためか、普段の配信よりも視聴者数はずっと多くなっている。

なんともまあ、我ながら見事な虎の威を借る狐《きつね》だなって思う。正直、おこぼれに与《あずか》っているようで微妙な気持ちになるけれど、この世界はツテもまた重要な人気商売だ。趣味ならともかく、企業に所属する立場でもあるので、そこはもう仕事と割り切るべきだろう。

同期によるキャリー。そう言いたいものは好きに言えばいい。その手の批判も全部呑《の》み下したうえで、私はこうして増えた視聴者の中から新規のファンを獲得してみせる。——

だって私の同期は、ボタンは、理不尽な批判の嵐に晒《さら》されながら、真っ向からそれを打ち破ったのだから！

「……もうすぐ時間だね」

：はじまるぞー
：なにが出るかな？
：無駄に緊張するなぁ
：楽しみやの
：山主なら絶対にやらかすという確信がある
：どんなモンスターとか出てくるんやろなぁ
：正直、リアルなバトルとか観たいです
：山主さんクラスが探索するダンジョンとか、まったく想像つかんのよな
：はじまた
：きちゃぞ
：向こうも一気にコメント速くなったな
：うおー！

どんな映像なのかと、年甲斐《としがい》もなく胸を高鳴らせていると、ついに配信画面に変化が起きる。

まずは暗転。そして映るのは白の文字列。パッと目で追ってみると、どうやらゲームに

ありがちな注意事項のようだ。『刺激的な描写が〜』的なやつ。ご丁寧にオリジナルだと思われるロゴもセットで。……よく見れば山主ボタンって書いてあるし。

「……随分と手がこんでるけど、ボタンのお茶目かな？」

：どっかの狩りゲーかな？

：無駄に凝ってるな

：なんか懐《なつ》いんですが

：草

：うーんファンタジー

：あの起動音を思い出す

：ハチミツください

：宝玉がでないのぉぉぉぉ!!

：草

：妖怪一足りないガガガ

：マラソン思い出すわ

：ワールドツアーすな

：古《いにしえ》の住人がおるな

ゲームのＰＶ風に編集したのか、どことなく既視感がある冒頭。どうりでお披露目まで時間がかかったわけだと納得していると、また画面が暗転。

　そして映し出される、一人称視点の映像。多分ヘッドカメラかなにかを使ってるのだろう。場所は……海岸かな？　後ろの方には鬱蒼とした木々で、前には果てしない大海原《おおうなばら》。それこそ、どっかのリゾートとでも思ってしまうぐらい澄み切った海だ。

「……これ本当にダンジョン？」

　いやまあ、ボタンがたまにＳＮＳに上げる写真とかで、ダンジョンの中にも自然があるってことは知ってるんだけどさ。……それでもやけに穏やかというか。

　なんか予想と違うと私が戸惑っていると、おもむろにボタンの足が波打ち際で止まる。そして見せつけるように銀に光るナニカをカメラの前に持ってきて……。

「……へ？」

　キンと鈴のような音とともに、目の前の海に一筋の亀裂が。それが水平線の果てまで続き。

「うっそぉ!?」

：はぁぁぁ!?

：うぇ!?

：意味わからん意味わからん！

：何だよアレ!?

：ありえないだろ

：ちょま、えぇ!?

：これガチ？

：うっそだろおま
：いやいやいや！

：流石に加工だろ……

：これマ？

　一瞬の静寂のあと、轟音《ごうおん》とともに海に大きな道ができた。

　それは比喩でもなんでもなく本物の道。飛沫《しぶき》とともに海水が吹き飛び、海底が力尽《ちからず》くで晒されていく非常識。

「いやいやいや。いやいやいやいやいやいや!!」

　あまりにも理不尽で、あまりにも現実離れした光景。そのせいで上手《うま》く言葉がまとまらない。配信中ということを忘れて呆然《ぼうぜん》としてしまう。

　一瞬、フィクションという言葉が頭を過《よぎ》るも、すぐに意識がそれを否定する。だってリアリティがありすぎる。現実離れしているはずなのに、リアリティがありすぎて否定できないという矛盾が起きている。

　それぐらい画面に映る映像は凄《すさ》まじかった。加工などで生じるはずの違和感が皆無で、真に迫っている。……いや違う。そんなもんじゃない。この感覚はもっと明確で……。

「怖っ……」

　無意識のうちに漏れ出た呟きが、ストンと胸の中に落ちた。……ああ、そうだ。怖い。

怖いんだ。私は、この映像に恐怖してるんだ。

「……分かった。これ、アレだ。Tweeterとかでたまに流れてくる、災害の動画とか観てる気分だ」

：あー……

：なんか分かる

：それだ！

：実際これ災害やろ

：なんやこれ

：おかしいやろこんなん！

：地上なら大災害定期

：信じられないことに人災なんだよなぁ……

：リアルモーセは今の時代アカンのよ

：ちょっと前にあった外国の土砂災害と同じベクトルの怖さがある

：実際災害だろこんなの

：ありえないってか、あっちゃいけない

：こんな形で実力を証明せんでもろて

絞り出すような私の呟き。それでようやく、固まっていたコメント欄が再び流れ始める。

衝撃でどこかに行っていた意識が、共感を切っ掛けに戻ってきたんだと思う。

そして一度頭が動き始めれば、そこからはもう止まらなかった。いろんな感情や疑問が溢《あふ》れて、気がつけば口から零《こぼ》れ出《で》ていた。
「てか、今の何よ？　探索者ってあんなことできんの？　あんなアニメみたいなことできるの？　今のアレだよね？　さっきからチラチラ映ってる刀っぽいやつでやったよね？　一瞬銀色が光ったし、絶対に海を斬ったやつだよね⁉」
：気持ちは分かるが落ち着け
：できるわけがないんだよなぁ
：探索者じゃないけど無理だって分かるわ
：探索者をなんだと思ってらっしゃる？
：海を斬るとかそんな漫画みたいな……ＨＡＨＡＨＡ
：斬っただけにしてもああはならないんだよ
：やっているのあなたの同期です。本人に訊《き》きましょう
：モーセだって魔法的な奇跡で海を割ったのであって、刀を使ってぶった斬ったわけでは決してないのよ
：斬っただけでなく、衝撃で海を割ってるんだよなぁ
：アレ人力ってマ？
：アニメだから許される描写を、現実に持ってくるんじゃない
分かってはいたけど、誰も私の疑問に答えることはできなかった。本人に訊けと言われ

たらその通りなのだけど、正直今の混乱状態で訊ねにいったところで、上手く答えを消化できる気がしない。

『……さて。宣戦布告はこれにて終了。ほら、チンタラしてんなよ。お前を殺せる敵がここにいるぞ』

そんな中、画面の中でボタンが喋《しゃべ》る。気取ったような言い回しではあるけれど、それを笑うことは私にはできなかった。

私がVTuberだから、というわけではない。確かにVTuberは役者の亜種みたいなものだし、私も配信中にいろいろと意識した言い回しをすることはある。

でも今回に限っては違った。その理由は至ってシンプルで、映像に大きな変化が訪れたから。

「海が、盛り上がっていく……？」

リゾートを連想させるような綺麗《きれい》な海。それが今や見る影もない。ボタンによって海が割られただけでもありえないのに、さらに常識を塗り潰すかのような光景が発生する。

海が隆起し、生物のように蠢《うごめ》いた。それも生半可な規模ではなく、それこそ山と見紛《みまが》うほどの大きさで。

『ザッと見た感じだと、縦に八百メートル、横に千五百てところか。……今回は小ぶりだな』

「ねえ千五百って言った？　ボタン今千五百って言ってた？　私の認識が正しければメー

トルでだよね？　つまりキロってことだよね⁉　じつは重さだったりしないかな⁉」
：んなわけ
：現実を見ろ
：あのサイズで重さ数キロはありえんのよ
：明らかに山サイズですねありがとうございました
：今凄く怖いことに気付いたんだけど。スタンピードとか起きたら、ワンチャンあのクラスが出てくるってことよね？
：特撮怪獣よりデカイのはなんの冗談なんですかねぇ……
：ドン引きすぎてちょっと……
：もうこの時点で理解したくないんだけど、山主さんあのバケモノに対して小ぶりって言ってんのマ？
：現実にいていい存在じゃないやろアレ
：チラッとおっそろしいコメントがあったぞ今
：スタンピードとか洒落にならんこと書くな
：特撮怪獣だってもうちょい大人しいんだよなぁ

　コメント欄、ちょっと本当にやめようね？　人類滅亡がワンチャンありえるような大災害を想像するのは。さすがにライン越えだからそれ。コンプラ云々《うんぬん》じゃなくて、ガチの恐怖的な意味でアウトだから。

「……え。てか待って。この流れってアレだよね？　アレとボタンが戦うってことだよね⁉」

いや、動画にしてるってことはそういうことなんだろうけどさ！　それにしたって限度があるというか、さすがに冗談だよね⁉　もしこの映像がリアル……いやリアルなんだろうけど！　だからと言ってやっていいことと悪いことがあると思うんだ私は！

映画とかなら明らかに最終決戦だよ⁉　それも人類の命運が掛かってくるような！

VTuberのプレミアム配信で映していい内容じゃないって絶対！

『さてと。それじゃあ動画用ということで、サクッと今回の標的の説明といきましょう。——アレの名前はウミフラシ。海水で構成された肉体を持つ、分類的には精霊とかのそっち系。いわゆるアストラル系のモンスターですね。まあ、海水でできた超大型のアメフラシとでも思ってもろて』

ノリが軽いんだよなぁ本当に！　『もろて』で済ませていい存在じゃないんだよソイツは！

『ちなみになんでウミフラシかって言うと……あ、ちょうど由来となった行動をし始めたので、実際に見てもらった方が早いか』

そう言うや否や、カメラが上を向く。よくよく見たら画面が暗い。そしてカメラがその原因を捉えた。

「ひっ……⁉」

そこには新たな海があった。本来なら在ってはならない怪現象。見渡す限りの空に、もう一つの海が存在していた。

『……とまあ、あんな感じでね。膨大な海水を操って、文字通りの意味で空から海を降らせるからウミフラシ。単純ですね』

いや、そんなの単純なんてもんじゃないでしょ！　駄目でしょそんなの！　駄目だって絶対！　あまり頭の良くない私でも分かるぞ！

あんな超質量が落下したら、一体どれだけの被害が出ることになるのか……！　どれだけ絶望的なのかが……!!

『それじゃあ開幕大質量攻撃からの、超大型モンスター討伐、はーじまーるよー』

それなのに、ボタンの様子は普段と一切変わらない。画面越しですら寒気がするような光景なのに、いつものようにユルユルで、どことなくおちゃらけた自然体。

それが私には怖かった。配信で何度も見てきた。現実でも何度も顔を合わせた。見知ったはずの言動なのに、今は堪らなく違和感がある。

ボタンって本当に人間なの……？　いや、人間離れした力の持ち主なのは明らかなのだけど。もっとこう別の、精神的な部分からして人とは違っているような……。

『まず初めにやるべきことは、この状況から逃れることですねー。見ての通り絶体絶命というか、直撃すれば即死確定。防御もあの質量を前じゃ無意味でしかなく、ついでに回避も不可能なレベルのマップ攻撃。……うーん、これはクソ。ゲームだったらバランス調整確実ですわ』

そんな私の内心の恐れなど関係なしに、画面の中のボタンは軽快な口調で説明を重ねていく。

空から迫る大量の海水、いや海そのものを前にして。大災害なんて表現ですら生易しい、地上で起きれば確実に甚大な被害を齎《もたら》すであろう攻撃ですら、ボタンは微塵《みじん》も臆さない。

『マトモに対応するだけ無駄。ってことで、マトモじゃない対応をしましょうねー』

慌てず騒がず。凄まじい勢いで死が迫ってきているというのに、ボタンは変わらない。普段と変わらぬ様子で、本人曰く『マトモじゃない』対応を行った。

『まず、さっきと同じ要領で上空の海を斬ります。……はい、斬りました。そしたら、あんな感じで裂け目ができるので、そこ目掛けてジャンプします』

一瞬で映像が切り替わる。普通なら撮影ミスか、はたまた編集かを疑いたくなるような唐突さだけど、多分それは違うんだろう。

恐らく瞬間移動か、カメラに捉えられないスピードで動いたんだ。妄想じみた荒唐無稽な予想だけど、映像の中で海を割っている時点で常識なんてものはない。

本人もマトモじゃない対応なんて言っているし、非常識なナニカをやったことは間違いない。

私たちに分かることは、ボタンが地面から空高くに移動してみせたということだけ。

『道がなければ作ればいい。世の中なんてけっきょ――』

台詞《せりふ》の途中で音が途切れた。正確に言えば、轟音によって映像内のすべての音が掻き消された。

代わりにカメラが動く。雲一つない青空から……いや生身でどんだけ跳んでるんだって話なんだけど。ともかく、綺麗な青空から、下の光景が映し出された。

「……うわぁ」

：地獄やん

：あれ島は……？

：花火ドン引きしてて草……いや笑えねぇわ

：ノアの箱舟ってこんな感じだったんかなぁ……

：なにもかもが消《き》え失《う》せてら……

：怖い怖い怖い!!

：これは……

：もはやB級映画

：すげぇことになってる

：音がもう無理

：待ってトラウマになるかもコレ

：ヒエッ

：一周回って草だわこんなの

轟音は未《いま》だに止まらず。海全体は大きく畝《うね》り続け、透明度の高かった海面は濁りに濁る。ボタンが立っていたはずの無人島は見る影もない。どれほどの規模だったのかは知らないけれど、間違いなく島一つが消えていた。……それも多分、沈没ではなく破壊という現象で。

「……これ、地上で起きたらどうなるんだろうね……」

：シンプルに滅亡
：被害もクソもないと思われ
：核兵器なんて比じゃない被害が出るやろ
：わりとマジで日本沈没
：防ぎようがない終末
：怖いこと想像させないでくれません？
：みんな仲良く死ゾ
：直撃した範囲は粉砕からの地盤陥没。周辺は衝撃で吹き飛び、それ以外の場所でも大地震発生。その後すぐに落下した海水による広範囲の津波。その後も沢山の災害が連鎖すると思う
：怖すぎるっぴ
：コレが生活に根ざしたダンジョン内で起こっているという恐怖よ

確認の意味を込めての質問だったけど、コメントもまた私の抱いた感想とおおよそ同じ

ものだった。

発生した時点で詰み。誰も彼もが、パニックになる前に為《な》す術《すべ》なく死んでしまう。自分なら助かるという、本来なら誰もが抱くであろう、不確かで漠然とした余裕。それすら抱けない規模の災害。

「……信じられる？　コレやってるの、私の同期なんだよ？」

──だからこそ、そんな絶望的状況から簡単に脱してみせた異常さが、余計に際立つのだ。

『っと。やっぱりまだ海は荒れてますねー。んー、映像化した時、画面酔いとか大丈夫かなこれ？』

……一瞬で大空まで跳び上がった挙げ句、そのまま平然と海面に着地して立ってみせるあたり、本当に異常というかなんというか。

「空から生身で落下した挙げ句、サラッと水の上に立ってるのは、もうツッコミ入れずにスルーした方がいいのかな……？」

：草

：んだんだ

：人類のインフレに脳がバグる

：もう山主さんだからで納得しとこ

：画面酔いとかそういう問題じゃねぇのよ

：ま、まあ、一時的に水の上に立てる探索者はいなくはないから……

：人、類……？
：リアルモーセもびっくりな超人なんだよなぁ
：人類と一緒にせんでもろて
：普通はあの高さから落ちたら水とか関係なしに即死なんやけどなぁ
：海を割っている時点で今更よ
：生物分類、山主ボタンが誕生する日も近いな
ボタンは確実に人類じゃないと思うの。悪口とかじゃなく、純然たる事実として。
『ま、話を戻して。えー、モンスターと言っていいか微妙な水の塊の開幕初手ブッパをサクッと凌《しの》いだわけですが。さてさて、この後はどうするべきか。アイツそんなに強くないし、攻撃手段も一辺倒だから派手さもなくてなー』
ちょっと何言ってるか分からないですね。
『あー、強くない理由を簡単に説明するとですね。たしかにウミフラシは広域破壊という面ではピカイチだし、ゲームでいうところの適正レベルに達してないと、為す術なくコロコロされちゃう系のボスモンスターなんですがね。……残念なことに、適正レベル、すなわちあの開幕ブッパを凌げる人間にとってはカモもカモなのですよ』
ちょっと何言ってるか分からないですね（二回目）。
『まずさっき解説したように、ウミフラシは精霊的なサムシングのモンスターです。あの身体も能力で操っている海水でしかなく、生物のそれでは断じてないです。……つまると

ころ、アイツは典型的なアストラル系のモンスター。モンスターとして機械的に動いているだけの現象に近いわけです』

機械的。つまりプログラムのように反射で行動しているだけで、そこに意思の類《たぐ》いは存在しないということ。ダンジョンのモンスターとして、人間に対して攻撃をしてくるが、それだけの存在でしかないのだと。それ以上でも以下でもないとボタンは語る。

『敵がいたら開幕ブッパ、上空からの大質量攻撃ですべてを粉砕して終わり。アレがやるのはそれだけ。あとはまあ、敵が近くにいたら、開幕ブッパ以下の海水をぶつけてくるぐらいか。それしか脳がないんですよ。小細工すらしない。そんな知能がない。だから機械的に攻撃を叩きつけてくる。じつに与《くみ》し易《やす》い』

何処《どこ》が？

『そんな理由で、一定レベルを超えると、ウミフラシはただの雑魚になります。なにせワンパターンの攻撃しかしてこないうえに、ウミフラシの索敵能力はカス。ウミフラシ基準じゃ人間なんて砂粒みたいなもんだし、巨体故に攻撃までのモーションも遅い。開幕ブッパを凌いだ時点で、格付けが決まる』

なんか簡単に言っているけど、そもそも論としてあのレベルの超災害をどう凌げって話じゃないの？

『必殺技を凌ぐ。ウミフラシが棒立ちになる。攻撃する。また攻撃してくるから適当に凌ぐ。コレを繰り返すだけ。……あ、もちろん大前提として、アストラル体にもダメージを与えられなきゃ話にならないけどね。まあ、ここら辺まで潜ってこれる時点で、そんなことできて当然になってるんだけど』

いろんな意味でちょっと何言ってるか分からないですね（三回目）。

『まあ、口だけで説明してもアレだし、実際にやってみせようか。こんな跳んで攻撃躱《かわ》しただけじゃ退屈だしね。動画にするんだから、もっとバトルっぽいことをしなきゃ、なぁ!!』

カメラが揺れる。少し遅れてウミフラシ？　の巨体が抉《えぐ》れる。

多分また飛ぶ斬撃だ。原理が一切不明の遠距離攻撃。漫画なんかで馴染み深い技ではあるけれど、実際に目にすると意味不明だ。……何で斬撃が飛ぶの？　鎌鼬《かまいたち》？

『ほら居場所は分かったろ。教えてやったんだから構ってくれよ。一緒に水遊びしようじゃねぇか』

「……地味にさっきから思ってたんだけど、ボタンの口調、ちょくちょく荒くない？　動画用のパフォーマンス？」

：草

：それはちょっと思ってた

：こっちが実は素だったりして

：演技だとしたら大したものだと思う

：草

：むしろ戦闘中に物腰柔らかな方が怖くない？
：そのわりには自然すぎる気も……
：モンスターに向けての時だけ荒いね
：ダンジョンだから気が立ってるのでは？
：草
：草
：でも普段の配信でも、薄《うっす》らとSの片鱗《へんりん》が見えてない？
：ぶっちゃけこっちのが好き
：正直な話、探索者やってる連中が穏やかなわけがなく

ああ、うん。確かに言われてみればその通りだ。どれだけ普段通りに見えても、配信とダンジョンでは環境が違う。

多少なりともスイッチが切り替わってないとおかしいし、なんなら切り替わってなきゃ普通に怖い。

そう考えれば、口調が荒いボタンも悪くない。喪失していた人間味が感じられて好ましいぐらいだ。……いやそれ以前に、丁寧な口調でモンスターと戦ってる方が嫌だ。許容できないレベルのサイコっぽさがある。

『はぁ。相変わらずトロいなぁ。次弾の装填が遅い。しかも今度は水鉄砲。なんともまあみすぼらしいことで。迎撃技が貧弱すぎる』

ボタンの呆《あき》れたような声とともに、カメラが捉える。宙に浮かぶ無数の巨大な水球を。
……これがみすぼらしい？　貧弱？　表現が明らかに間違ってるでしょ。
『ようやく準備完了か。鈍臭くて欠伸《あくび》が出るな。しかも弾幕はスッカスカ。速度も遅い。退屈だ――』
「いやいやいや！　いやいやいやいやいや……!?」
：なぁにこれぇ……？
：飛んでくる水球、全部山主さんの前で真っ二つにされてるんですが……
：あれサイズ的に、一発一発がビルぐらいあるよな？
：てか、絶対アレ遅くねぇ。サイズのせいで実感できないだけだって
：途中から何て言ってんのか分からん
：またすげぇ音だ。山主さんの声聞こえねぇ
：あのサイズの質量であの勢いだろ？　あれワンチャン音速超えてるって
：一回後ろ向いてほしい。どんな威力か気になる
：これ逆に何で普通に撮影できとるん？　余波でそれどころじゃないだろ
：滅茶苦茶《めちゃくちゃ》だよこの人
デタラメだ。本当にデタラメだ。映っている内容は単純なのに、何が起きているのかが一切分からない。
猛スピードで飛んでくる巨大な水球。それがカメラの真正面の位置に来ると、次の瞬間

には縦に真っ二つになって逸《そ》れていく。
多分、やっていることはシンプルだ。最初のリアルモーセ、そして落ちてくる海にやったのと同じ。斬って、余波か何かで裂け目から吹き飛ばしている。
もちろんこれは想像だ。大量のバトルアニメ、漫画を嗜《たしな》んできた経験から、そんなことをしているのではないかとイメージしているにすぎない。
正しい内容を知っているのはボタンだけ。ボタンが説明してくれないと分からない。
……私に分かるのは、こんな激しい攻撃ですら、ボタンにとっては微塵も脅威ではないのだという事実だけ。
『……んで、弾切れと。やっぱり弾幕薄いぞお前。しかもこの感じ、また俺のことを見失ってるだろ。アホかよ』
「もうこれそういうボスじゃん」
：分かる
：物語序盤の負けイベで立ちはだかるラスボス
：主人公たちで遊んでる魔王
：演技だったら大したものよ
：マジで普段のイメージと違う
：多分素でやってるだろこれ
：草

：普通なら厨二《ちゅうに》と失笑されんのに、これまでの所業のせいでむしろ違和感ゼロなのやべぇって
：無駄にサマになってんのなんなん？
：現実に存在しちゃいけないタイプのカッコ良さ
：演技でも素でも美味しくてええやん
：暴の化身やんこんなの

自然と漏れたツッコミに、リスナーからの同意が多数。くだらない話をしている場合じゃないんだろうけど、どうしたって思考が逸れる。

もうなんか、非常識すぎて一周回って平静になってきた。デタラメだし、驚いてはいるんだけど、同時に冷静な自分がいる。

多分、現実離れしすぎてるせいで感覚が麻痺《まひ》してる。映画を観てる気分になってる的なアレだ。

『さて、と。一通りのモーションも引き出せたし、もう終わりでいいかなぁ。これ以上は見せ場も増えんだろうし、サクッと終わらせてしまいましょう』

見せ場がないとか嘘《うそ》だろうに。動画の冒頭から今まで、徹頭徹尾クライマックスだったじゃんか。

あのレベルの映像が続くだけでもハリウッドものだ。CGとか一切なし、完全な無加工で実現しておいて、見せ場がないなんて贅沢すぎるでしょ。

改めて実感する。ボタンに嫉妬なんて抱きようがないと。デタラメすぎて、ついでにいろいろズレすぎて、比較対象として認識できないや。

この動画で、ボタンはまた飛躍するだろう。VTuberなんて枠組みすら飛び越えて、世界でもトップクラスのネームバリューを手に入れることだろう。

本当、私の同期は何やってんだか。ここまでくると、違う意味で素直に祝福なんてできない。絶対面倒なことになるぞー。

『んじゃ、最後にウミフラシの倒し方を実演して終わりにしましょう。と言っても、やることは今までと大差ないんですが。一応アイツの核であるアストラル体をやってるんですけど、傍目《はため》には違いなんて分からないですしねー。……ほら、こんな感じで』

そう言ってカメラが微《かす》かに揺れると同時に、モンスターの巨体が崩れて溶け始める。

恐らく、今の揺れたタイミングでまた斬撃を飛ばしたのだろう。武器を振ったような形跡はゼロだったけど。

というか、改めて考えると本当におかしいよね。カメラの高さ的に、恐らく使っているのはヘッドカメラとかなんだろうけど。それなのに、今回含めて一度も武器を使った瞬間が映ってないんだもの。

一応、剣だか刀だか分からないけど、刃物らしきものはチラチラ映ってはいた。だから絶対に使ってるはずなのに……。

まあ、こんなの今更か。飛ぶ斬撃を放ったりとか、空まで届く大ジャンプをしたりとか、水の上に立ってたりとか、平然といろいろやってるし。

私が言えることなんて一つだけ。今回の動画の内容とか、これからのこととか全部ひっくるめてシンプルに。

『それじゃ、本日の動画は以上となります。皆さん、楽しんでいただけましたでしょうか？　楽しんでいただけたのなら、チャンネル登録、高評価などなどよろしくお願いいたします。ではでは、アデュー』

「はぁ。何がアデューだよ。滅茶苦茶すぎでしょ私の同期。ボタンのばーか」

——どうなるかは分からないけど、どっかから怒られても知らないからね私！　新人VTuberでリアル小娘の私はなんの力にもなれないから、そこだけは理解してよ！　まあ頼ってきたりはしないだろうけど!!

CHAPTER 04

OSHI NI SASAGERU DUNGEON GOURMET
Volume_02

第四章　反響

A strong explorer debuts as a streamer and
aims for a gourmet collaboration with his admirer.

山主《やまぬし》さんについて語るスレ

251　名無しの視聴者
速報　山主《やまぬし》さんのチャンネル登録者二千万人突破。なお、未《いま》だに増加中の模様

252　名無しの視聴者
草ァ！

253　名無しの視聴者
もうVTuberの範疇《はんちゅう》を飛び越えてるやん

254　名無しの視聴者
そもそも能力的にVTuberやってる方がおかしいんだわ

255　名無しの視聴者
まさか一本の動画だけでここまで跳ねるとは、この李白《りはく》の目をもってしても……

256　名無しの視聴者
当たり前なんだよなぁ

257　名無しの視聴者
だって山主さん、その気になれば世界征服できるじゃん

258　名無しの視聴者
各国がガチめに注目してるだろ。国防的な意味で

259　名無しの視聴者
真面目にそこらの兵器より決戦兵器してるからな

260　名無しの視聴者
一部では身元を明かした上で、無理矢理にでも国に管理されるべきという主張が持ち上がってるという

261　名無しの視聴者
人権って知ってる？

262　名無しの視聴者
VTuberに対する評価じゃねぇんだわ

263　名無しの視聴者
そもそも個人に向けられる評価じゃない定期

264　名無しの視聴者
真面目にアカンやつ

265　名無しの視聴者
ほんま反ダンジョン派の連中はさぁ……

266　名無しの視聴者
個人が簡単に武力を持てる社会は危険だとか、時代遅れも甚だしい主張よな

267　名無しの視聴者
平和主義者とか叫ぶ奴《やつ》はなんで総じて頭悪いの？

268　名無しの視聴者
馬鹿だからだろ

269　名無しの視聴者
なにが酷《ひど》いって、その一部の馬鹿たちに山主さんのアンチ連中が合流してるところよ

270　名無しの視聴者
なんなら界隈《かいわい》で反日や反政府と囁《ささや》かれてるアカン奴らまで騒ぎ始めたぞ

271　名無しの視聴者
控えめに言って地獄かな？

272　名無しの視聴者
マジでVTuberのスレに書かれる内容じゃねぇ……

273　名無しの視聴者
でも実際問題、山主さんの存在が国際問題案件なのも間違いではないのよな

274　名無しの視聴者
山主さんがいれば国の一つや二つ、マジで一日も掛からず落とせるだろうし、提供されるアイテムもまた規格外の可能性が高い。もう存在自体が強力な外交カードなんよ

275　名無しの視聴者　ID　〇〇〇
え、なに？　お前らあの動画信じてんの？　フェイクに決まってんだろ情弱乙

276　名無しの視聴者
>>275
おっ、アンチ君チッスチッス。必死のネガキャンお疲れ様でーす

277　名無しの視聴者
>>275
少なくとも、あの動画と普段の配信を見れば、CGなんて使ってないのは分かるだろうに。現実を受け入れられないのは哀れやの

278　名無しの視聴者
>>275
よしんばアレがフェイクだとしても、あのレベルの映像技術を持ってるって証明になるから、それはそれで配信者として一流の証明なんだよなぁ

279　名無しの視聴者　ID　〇〇〇

うわ頭がおかしい奴多すぎだろ。あんな異常者に騙《だま》されて恥ずかしくないの？　てか、もしあの動画がリアルだって言うなら、それこそさっさと殺処分するべきだろ。そんなことすら考えつかないとか、お前らマジで馬鹿じゃね？

280　名無しの視聴者

>>279
はいライン越え

281　名無しの視聴者

>>279
顔真っ赤で長文打ってんの想像したらワロタ。通報します

282　名無しの視聴者

>>279
魚拓取ったので山主さんに投げとくわ

283　名無しの視聴者

>>279
アンチと徹底抗戦するって宣言して、専用のフォームまで用意してる山主さん相手に無茶するなぁ

284　名無しの視聴者

本当に迂闊《うかつ》な馬鹿が増えたよな

285　名無しの視聴者

嫉妬と無知は身を滅ぼすってことを理解してないんだろ

286　名無しの視聴者

実際、いろんな山主さん関係のスレで通報される者が相次いでいる模様

287　名無しの視聴者

SNSもやで

288　名無しの視聴者

現在進行形で専用フォームが大変賑《にぎ》わっております

289　名無しの視聴者

人類最強＆リアル大富豪を相手に喧嘩《けんか》を売るとか、怖いもの知らずにもほどがあるだろ

290　名無しの視聴者

なにが怖いって、あの人がその気になったら物理的な意味で誰にも止められないって部分だからな

291　名無しの視聴者

警察や自衛隊などの治安維持組織に勝る個人というバグ

292　名無しの視聴者

存在がもうバグの塊みたいなもんだからしょうがない

293　名無しの視聴者

モーセもびっくりの奇跡の人だぞ。当たり前だろ

294　名無しの視聴者

奇跡（物理）

295　名無しの視聴者

>>294

刀のひと振りで海を斬ることを物理と申すか

296　名無しの視聴者

もう何度も言うけどバグ個体がすぎる

297　名無しの視聴者

マジで何でVTuberやってんだろうな山主さん

298　名無しの視聴者

同僚たちも不思議がってるぞ

299　名無し視聴者

デンジラスはもちろん、以前のアレから交流があるらしいライブラメンバーもガチで驚いてたからな

300　名無しの視聴者

同時視聴してたハナビは俺らと同じリアクションをしてたぞ

301　名無しの視聴者

ウタちゃん『今度から山主さんを信仰させていただきます』

302　名無しの視聴者

>>301
あれは本当に草

303　名無しの視聴者

>>301
冗談抜きで信仰対象になってもおかしくないのがまた……

304　名無しの視聴者

多分本人がその気になれば、新興宗教の教祖とかできるぞ

305　名無しの視聴者

VTuber自体宗教みたいなもんだから（震え声

306　名無しの視聴者

マジでVTuberのスレで語る内容じゃねぇな

CHAPTER 04

第四章　反響

□□□

――チャンネル登録者、二千二十万人を突破。なお現在ものの凄《すご》いスピードで増加中。

「これもうマジで草よなぁ」

たった一本。たった一本の動画を投稿しただけでこれだ。跳ね上がった数字を目にするたびに、何度目か分からない呟《つぶや》きが零《こぼ》れ落《お》ちる。

いやはや、本当に凄《すさ》まじいものだ。インパクトを求めて派手な内容にまとめた自覚はあるが、まさかここまでの反響があるとは。深層以降の世界が、どれだけ現代社会と乖離《かいり》しているかが分かる。

「実際、凄いことになってるしなぁ……」

ライバーとしての数字はぶっちぎりのトップ。さらにそれだけに留《とど》まらず、【山主ボタン】という存在は一種の社会現象にまでなった。

件《くだん》の動画の再生数はえげつないことになっているし、こちらもチャンネル登録者数と同じく、現在進行形で増加中。切り抜き動画の類《たぐ》いも同様。

テレビを筆頭とした、各種メディアからのアプローチも多数。出演依頼やら取材の申し込みやらが山のように届いている。……現状では事務所の方に余裕がないので、全部断っているけれど。

他にはアレだ。VTuberとはちょっと逸《そ》れるが、探索者周りが騒がしくなっている。超深層の映像を公開したことで、ダンジョンにまつわる危機意識が急上昇したり、探索者を目指す人間が爆増したりと、いろいろ起こっているのだとか。

そして極めつけが、表にはまず出せない裏のアレコレ。簡単に言えば世界を巻き込んだ政治というやつで、政治家先生やお役人の方々が上を下への大騒ぎとなっているそうな。

玉木《たまき》さんからも『何してくれてんだこの馬鹿野郎殺すぞオラァ!!』とブチ切れられた。

もちろん、草だけ生やして返した。

「だってなぁ。それがライバー、いや配信者って存在だからねぇ」

犯罪行為や、倫理的にアウトな行為をしてるわけでもなし。その上で配信のネタになりそうなことを集め、披露することになんの躊躇《ためら》いがあるというのか。……てか、各方面への配慮の結果がアレだったり。

反響のせいで埋もれてしまっているが、あの動画にはかなり細かい気遣いがたくさん含まれているのだから。

なんてったって、動画配信というものは地味に繊細な活動だ。大前提としてプラットフォームが設ける基準は守らねばならないし、その上で俺の場合は所属している事務所がある。

ダンジョンという存在が一般化しているとはいえ、それでも探索者が行っているのはモンスターとの殺し合い。モンスターを通常の生物のカテゴリーにぶち込んでいいかは議論の余地があるが、それでも生物が派手に死ぬ、それも大半が流血を伴うバイオレンスでグロテスクな映像を、普通に配信していいかと言われれば……ねぇ？

いや、ダンジョン系の配信者だって存在はしているし、戦闘も動画として上げられてはいるのだけど。やはり娯楽の側面が強いVTuberで、ましてや企業所属である身で、初《しょ》っ端《ぱな》からガチ目の内容を流すのは憚《はばか》られるわけで。

だからこそ、動画のネタにわざわざウミフラシをチョイスしたのだ。アストラル体故に流血の心配もなく、それでいて上手《うま》い具合に見応えのある戦闘になるのは、あの謎生物ぐらいしかいなかったのである。他は倒す際に流血必至だったり、挙動が速すぎたりで動画にならないんだよねぇ……。

それでも各方面（主に国）から加減しろとのお言葉が送られてきたが、申し訳ないが『配信者なので』と開き直らせてもらった。

思いつきで始めた仕事ではあるが、最近ではなんだかんだ楽しんでいて、ライバー活動も趣味みたいになっている。

なんというか、リスナーたちが、いやダンジョンを知らない一般人が右往左往するのが面白いんだよね。目立ちたいとかそういうんじゃなくて、承認欲求とはまた違った感覚。祭りの火付け役的なサムシングだと思う。

「……ま、それだけじゃあないんだけど」

――ここまでは表向きの理由。いや国方面は裏側ではあるけど、そうじゃなくてその……対人向け？　対外向け？　ともかく、他人に対する言い訳だ。

関係性によって伝える情報のグレードを変えつつ、動画を出した理由を『配信者としての本能』に集約させる。俺に関わる人間全員にそう思わせるために。

ダミーの動機……いや違うな。この理由も真と言えば真だし。騒動上等の愉快犯的サムシングがあったことは否定しない。

ただそれだけじゃないというか、メインの目的が別に存在しているのが正確な表現だろう。

そしてメインの動機はまだ表に出さない。これは個人的な願望であるのと同時に、世界全体にまつわる内容だから。

今回の動画はそのための下準備。本命はまだ別にある。それは間違いなく今回以上の混乱を生むし、間違いなく大勢が死ぬことになるだろう。

ああ、もちろんその本命は合法の内容だ。犯罪行為でも、倫理的に許されない行為でもない。やることは今回と同じ。ただの情報の開示だ。

問題なのは、その『情報』が弩級《どきゅう》の爆弾であるということ。比喩でもなんでもなく、世界を震撼《しんかん》させる威力がある。

しかし、俺は躊躇うつもりはない。それはいつか、誰かが引くであろう引き金だ。ならば俺が引いたとしても構うまい。

なにせ俺の目的を叶《かな》えるには、莫大《ばくだい》な数のトライ&エラーが必要なのだ。そのためには、情報の開示を急ぎたい。早ければ早いほど好ましい。

そしてこの目的は、ひいては世界のためになる。……なるよな？　まあ、世界全体に関係あることではあるし、ためになると表現しても構わないだろう。

そんなわけで、悪巧み込みでいろいろ楽しませてもらったってのが、今回の真相だったりする。

だから俺はこの件で誰に何を言われようが謝らない。素知らぬ顔で受け止める。それが批判の類いであろうと気にしないし、省みることも一切ない。

どうせこれは前座なのだ。後々にもっとデカイ騒ぎが確定しているのだから、現段階で各方面からの『お気持ち』を真剣に受け止める必要などあるまい。ましてや、それが無関係な第三者からのものなら尚更《なおさら》。

てか、そんなノイズを気にしている暇はないのだ。毒にも薬にもならない他人の鳴き声より、俺にはもっと優先すべき悩みがある。

「……うーん。これはなぁ」

――それは現在の状況。自業自得、身から出た錆《さび》。故に仕方のないことと受け入れるべきなのだろうが、今の俺のチャンネルはVTuberとして少しばかりよろしくない。

「数字がありすぎて困るってのも、また変な話だよなぁ……」

目下の悩みの種。それはチャンネル登録者数が急速に増えたことで、【VTuber】としての活動が難しくなったこと。

まず第一に、アンチ関係の活性化。まあ、すでに考えを固めているのでどうでもよくはあるのだが、敢《あ》えて今回は挙げておく。なにせかなり愉快なことになっている。

と言うのも、山主ボタンが元から抱えていた奴らに加え、いろいろな界隈に巣食っていた面倒な輩《やから》たちが合流したっぽいのだ。

なお理由は不明。とりあえず、出る杭《くい》は打たれる的なアレだろうと思って勝手に納得しているが。ネットなどで観察していると、本当に多種多様な所属で面白い。

ともかく、おかげで随分と賑《にぎ》やかになった。多分一般的な精神の持ち主なら、ノイローゼになってもおかしくないぐらいの馬鹿騒ぎだ。

だが悲しいかな。馬鹿騒ぎは規制されるのが世の定めである。どうもお国の主導で関係各所が根切りにしてでも止める気でいるっぽい。

玉木さん曰《いわ》く、俺の機嫌という錦の御旗《みはた》の下、面倒な輩を強引に引っ張るつもりなのだとか。いい機会だからと、公安や特捜が張り切っているなんて裏話も教えてもらった。

なので、本当にどうでもいい。第一に挙げはしたものの、これはあくまで前座。笑い話みたいなものだ。まあ、コラボの際に気を遣う必要は出てくるので、VTuberとしての活動に支障がないというと嘘《うそ》になるが。

だが時間が解決することではあるし、結局騒いでいるのは各界隈の厄介者。俺の抱える母数が母数なだけに数こそ多くなっているが、それでも少数派には変わらないので無視して問題ない。

声が無駄に大きいから、耳に入るし耳に残る。だが、実態は大したことないなんてのがアンチの常なわけで。VTuber好きが高じてデビューした俺はそれを知っている。

大多数の声を使えば押し流せるものである以上、活動するうえでそこまで大きな障害にはならないだろう。コラボとかで相手に迷惑を掛けようものなら、その時は全力で刈り取りにいけばいいだけだし。

で、二番目。ここからが本番なわけだが、本番に相応《ふさわ》しい厄介さがあるのが困りどころ。

それは需要と客層の変化だ。簡単に言えば、激増した登録者のほとんどが件の動画、探索者としての活動を求めているのであって、VTuberとしての活動は二の次の可能性が高い。

彼ら彼女らからすれば、俺の雑談や料理なんて大した興味はないはずだ。料理だったらワンチャンぐらいはあるだろうが、少なくとも雑談の類いはお呼びじゃないだろう。……んで、これの何が問題かって、この急増した新規層の大半が海外の人間であろうことだ。

正直、単純な需要違いならそこまで面倒ではないのだ。なにせ勝手に見限って離れていくわけだし、そうでなくても配信内容でその都度視聴するかを決めるだろうし。

ただ海外リスナーとなるとそうはいかない。彼ら彼女らは俺の配信の内容を正しく理解できない。理解するにしても時間が掛かる。普通の雑談でも『ダンジョンについて話してるのでは？』と考える。

そうなると何が起きるかって、コメント欄で訊《き》くのである。『今何してますか？』って。

まあ、これはあくまで例題。俺が言いたいのは、コメント欄に多種多様な外国語が溢《あふ》れるってこと。

いや、国際色豊かになるのは別に悪いことではないのだけど、外国語でコメントされても読めないので反応できんのよ。

現時点でも、明らかに海外勢の方がコメントの比率としては多いのに、これがもっと増えるとちょっとなぁって感じ。

ああいや、誤解しないでほしいのだけど、別に海外のリスナーを差別しているわけではない。彼ら彼女らも大事なファンではあるし、蔑《ないがし》ろにするつもりは一切ない。

ただやはり、VTuberはコメントを拾って話を広げるのが定番だし、そうしたリスナーとの交流もまた重要な活動なのだ。

だから読めない言語でコメントされると困る。国際色豊かすぎて、日本のリスナーたちがコメントするのを躊躇うようになるともっと困る。日本語コメントが埋没するようになったら本当に困る。

「せめて英語なら……いや無理か。中学英語すらもう怪しいぞ俺」

高校卒業してもう何年経《た》ったか。なんなら、最後にマトモに勉強したのなんて高校時代のいつだったか。

高校入学と同時に探索者を始め、かなり早い段階で専業としてやっていける実力を付けたせいで、選択肢が開業一択になったからなぁ。

元々勉強が好きでもなかったこともあって、留年しなければそれでいいと開き直った高校時代。もはや俺のなかに基礎教養以外の『学』はない。なんなら基礎教養も若干怪しい。

やはり日本語コメントじゃなければ厳しいか。いや正直な話、本気で読もうとすれば全言語に対応できる自信はあるのだが、それをすると余計なものまで読めてしまうのがね。

さすがに配信でそこまでするのは気が引ける。

「はぁぁぁ……」

本当に厄介だ。一番目の笑い話と違って、かーなーり困ってしまう。……てか正直な話、私情を抜きにしたらこれが一番困る。個人的には三番目の問題が一番アレなのだが、これは私情をゴリゴリに含めた上での評価だし。

「でもなぁ、こっちはこっちで厄介だからなぁ……」

てことで、三番目。数字の増加によるコラボ難易度の上昇。何言ってんだって思われるだろうが、これがなかなか馬鹿にできないのだ。

まず大前提として、俺のチャンネル登録者数は日本国内においてはトップクラスだ。これはVTuberとしてではなく、配信者というさらに大きな枠組みの中での話だ。

今までは数字こそあれど、山主ボタンは新人の企業ライバーであった。だからこそ、コラボは控えめにしていたし、誘いに関しても受け身寄りだった。

が、数字が爆増してしまった現在。今まで通り受け身でいるのは難しくなった。もうここまで増えると、オファーする側が萎縮して遠慮しはじめてもおかしくない。

数字は他のVTuberを大きく突き放し、現在進行形でなお増加中。それでいてライバーとしては異色も異色。メインの客層は海外で、各方面での影響力は未知数なんてもんじゃない。

「……自分で軽く分析しておいてアレだが、あまりお近づきになりたい人種じゃねぇな、コレ」

少なくとも、ある程度は時間を置いて観察したいのが一般論だろう。誘うにしても、安全が確認できなきゃ話にならない。……溜息《ためいき》が出るなこりゃ。

となると、やはり方針を変えるべきか。まあ、今までは新人故の経験不足から慎重論を取っていたのであって、もうそんな時期じゃないってことなのかもしれんな。

VTuberトップという信用もクソもなくなった現状では、ある程度大胆に動いたところで支障はなかろう。参考にする立場から、良くも悪くも参考にされる立場になったのだから。

経験不足の不安はあれど、結局はVTuberも実績がものを言う実力社会で人気商売。こうなってしまった以上は、いつまでも新人気分ではいられないのだ。

ま、時が経てば誘われる側から誘う側になるのだから、これもまた一つの契機というやつだろう。俺の場合、それが他よりずっと早かったってだけだ。

「となると、やっぱりネックになってくるのは新規リスナーか。――いっそのこと分けるか？」

……とりあえず、マネさん経由で事務所の方に提案しておくかぁ。そんじゃ、サムネ作り再開するかぁ。

□□□

「チャンネルは……っし」

機材チェックOK。各種設定問題無し。これまで何度も行ってきた配信開始前のルーティンであるが、今回は普段以上に念を入れてチェックする。

もちろん、それにはわけがある。今回の配信は、これまでとは違った設定で行われるためだ。具体的に言うとチャンネルが違う。

「――あ、あー。はい、という訳で、皆さんこんばんはー。デンジラス所属のスーパー猟師、山主ボタンです。本日は新チャンネル【山主ボタンあっとまーく暖簾分け《のれんわ》】にてお送りいたしまーす」

：きちゃ
：ばんわー
：草
：まさかサブチャンを開設するとは思わなんだ
：こんちゃー
：まあVTuberとは言えなくなってたしね……
：チャンネル名はなんとかならんかったんか
：@をひらがなで表してるあたり力が抜ける
：てけとー
：草なんよ
：ダンジョンであんな魔王ムーブしてた人のチャンネル名かこれ？
：草

コメント欄を確認。……うん。いい感じに日本語コメが流れてるな。外国語のコメも少なくはないけど、それでも許容範囲だろう。

海外勢を邪険にしているわけではないが、【VTuber】として円滑な配信を考えた場合、やはり日本のリスナーをメインターゲットと定めた方が都合がいい。

以前も散々考えたが、その上で出した結論だ。VTuber文化の本場は日本だし、海外コメが流れすぎると俺もコメントを拾えないので仕方ないね。

だが同時に、ここまで拡大した海外市場っぽいものを破棄するのももったいない。そんな考えのもと、事務所と相談した上で新たにサブチャンネルを開設することに相成ったのである。……ちなみにチャンネル名は三秒で決めた。

「それではまず、このチャンネルの概要から。一応、SNS等で告知してるし、本チャンネルの方でもお知らせ動画は上げてはいますが、初見さんもいるかもしれないのでね。既にご存知《ぞんじ》という方は聞き流してください。それか適当に外国語コメの翻訳でもしててください」

：草

：草

：草

：パッと見でも数ヵ国あるんですがそれは

：草

：英語ならなんとか

：草

：無理ぽ

：嫌じゃ嫌じゃ嫌じゃ

：グローバルすぎなんよここのコメ欄
：大学受験ですらもっと難易度低いぞ
：草

知ってた。まあ、俺も無理だとは思う。てか、このコメント欄のスピードだとネイティブでも難しいのでは？

「このサブチャンネルでは、VTuberとしての活動をメインにしていくことになります。具体的に言うと、ゲーム、雑談、料理、コラボ配信などですね。そしてメインチャンネルの方は、主にダンジョン系の動画を取り扱っていこうと思っています」

つまりサブチャンネルは、これまでと同じようなライバー活動を。メインチャンネルの方は、ダンジョン関係のあれこれを、動画に編集してアップしていく方針となっている。

なお、明らかにメインとサブの活動が逆転してるのはご愛嬌《あいきょう》というやつだ。シンプルに需要の規模の違いと思ってほしい。

「チャンネルを分ける理由ですが、メインの方の登録者の大半が、【VTuber】としての山主ボタンではなく、【探索者】としての山主ボタンを求めているのだと判断したからです。もちろん、VTuberとしての活動を求めてくれている方もいるとは思ってますが……。それと同じかそれ以上の人たちが、例の動画に食いついたであろうことを考えると、ねぇ？」

：悲しい

：あの動画から登録者数が跳ね上がってるからなぁ
：ワイは好きやで！
：需要は間違いなくあるからね……
：まあ否定できんよなぁ
：悲しいなぁ
：なんだかんだで普段の配信も面白いんだけどね
：これぱっかりは仕方ない
：ダンジョンモードの山主さんも需要はある
：言いたくないけど残当としか
：うーん。難しい問題だ
：あの動画のインパクトがありすぎるのが悪い
：まあ求められてるものが明確だからなぁ

うむうむ。事前にＳＮＳ等で反応は確認していたが、とりあえず配信まで来てくれるアクティブユーザーたちも、状況的に仕方ないとは思ってくれているらしい。

ひとまず、確認できる範囲で否定的な意見がないのは把握できた。ならば、サブチャンネルの概要はコレでよしとしようか。

「そんなわけで、チャンネルを分けました。やっぱり棲《す》み分《わ》けって大事だしね。ライバーとしての山主ボタンを好きだと感じてくれている方は、こっちの配信に来てください。ちなみにサブと呼んではいますが、活動頻度的にはこっちのチャンネルの方が多くなりますので、そのあたりは悪《あ》しからず」

うん、そこはさすがに譲れない。チャンネル登録者数的には、メインの方が圧倒的ではあるけれど、あくまで俺はVTuberだし。

チャンネル登録者がもったいないという理由でメインを残しているとはいえ、決してダンジョンを題材とする動画配信者ではないのだ。

根っこにあるのはVTuberとしての活動。そして当初の目的は推しと合法的に絡んで、ダンジョン産の高級食材をご馳走《ちそう》すること。そこは履き違えないようにしなければ。

「――で、ここからがある種の本題というか、VTuberである山主ボタンの活動方針の方を発表させていただこうと思うのですが。よろしいです？」

：なんやなんや

：なんか改まってどしたん？

：よろしいです

：なんでしょう？

：今までは本題ちゃうかったんか

：活動方針とな

：まだあるのか

：ほう？

：活動方針
：へー？
：何ぞ？
：ふむふむ

リスナーが傾聴の姿勢に入ったことを、流れていく大量のコメントから確認。その上であえて一拍置き、完全に切り替えてから再び口を開く。

「まず大前提として、これは驕《おご》りでもなんでもない、純然たる事実として受け止めてほしいのだけど。――山主ボタンはVTuberのトップに立ちました。功績とかを脇に置いた、チャンネル登録者数的な意味で」

経歴に関しては依然としてぺーぺーだし、VTuber界に何か寄与したわけではない。獲得した数字に関しても、VTuberとして活動した上での結果かと問われれば、首を傾《かし》げざるえないが。

それでもメインチャンネルの登録者数は二千万オーバーで、もうすぐ三千万にも届く。そしてサブチャンネルに関しても三百万と少し。

まあサブチャンネルの方は、少なくない数がメインの方から流れてきているのだろうが。いくら活動内容を分けると言っても、関連チャンネルだと分かるとチェックしておきたくなるのが人の性《さが》だ。

ただそれでも、サブチャンネルもまた大台に乗ってるのは事実である。数字をそのまま人気と受け止めるほど純真ではないが、それはそれとして客観視することは必要だ。
「この規模になるとさ、もう新人なんて言ってられないわけですよ。いや、活動期間的にはまだまだ短いし、個人的にも新人感覚はバリバリなんだけどさ。さすがに新人気分で活動なんかしてられないのは、誰の目から見ても明らかでしょ？」
：まあの
：それはそう
：開設したばかりのサブチャンですら、ライバーとしては上澄み中の上澄みだしなぁ
：こんな新人がいるか
：詐欺もいいところ
：そもそも海を渡れるライバーが普通はいないんだわ
：影響力的に、俺なんかやっちゃいました？　では済まされんよなぁ
：てか、なんだかんだ大手だとワンチャン後輩ができるぐらいには、山主さんも活動してる気がするのですが
：そろそろ新人気分からは抜けてもろて
：今のご時世的に、季節が進むと新しいVTuberが誕生するからな
：新人の肩書きは次代に譲るべきだな
社会人なら一年未満は新人扱いじゃろがい。……まともな社会経験ないから多分だけど。
いやそれを抜きにしても、期間的にはまだ俺とか新人だからね？　大手ならともかく、

デンジラスはまだポコジャカ新人をデビューさせられるキャパはない。

なんなら俺が想像以上に伸びたせいで、その対応に追われてそれどころじゃないぞ。

……念のため言っておくと、余裕がなくなりだしたのは色羽仁《いろはに》さんの一件からなので、今回の件が原因ではない。今回で悪化はしただろうが……。

まあ、マネさん曰く嬉《うれ》しい悲鳴らしいし、そこまで気にする必要はないとのこと。代わりに収益やら業績やらは右肩上がりなので、企業としてはドンと来いらしい。

なお本当にドンと行く予定なので、そこだけは曖昧な笑みで誤魔化しておいた。一応、スタッフさんたちのご機嫌取りとして、差し入れの用意はしておく予定だ。

「まあ、そんなわけでね。そろそろ自発的に動いていこうかなと思うのですよ。今までは受け身の活動をしていたけど、それももう止《や》めるべきかなと」

具体的に言うとコラボとかコラボとかコラボとか。外のライバーさんとコラボしたのは二回。その内の一回はライブラのアレ。

コラボと言っていいか謎の、配信内でちょっとコメントをしただけの内容だ。なので実質的には一回である。

それ以外のコラボは全部自社コラボ。しかもその自社コラボですら、あんまり頻繁に行ってはいないわけで。

「いろいろと仕方ないところはあったとはいえ、もう受け身でいられる段階ではないからね。変に知名度が上がっちゃったし、俺自身が人間としても異色だからさ。絶対に声掛けするハードルが爆上がりしてるじゃん？」
：だろうね
：当たり前なんだよなぁ
：まず間違いなく、現在世界でもっとも注目されている人間だろうしね
：コラボのお誘いとか普通に無理だと思うわな
：大手所属でも躊躇《ちゅうちょ》するのは間違いない
：どんなに人気でも、ライバーが絡むには畏れ多すぎる
：そもそもなんでライバーやってんのってそれ一番言われて（震え声
：でしょうな
：残当っちゃ残当
：まあ仕方ないね
うーむ。マネさんを筆頭に訊《たず》ねた人全員が同じ感想をこぼしていたけど、やっぱりリスナーの皆も似たような感じかぁ。
となると、やはり受け身で活動していくのは絶望的と見て間違いないだろう。
「はい、なので……これからは自発的にコラボのお誘いを掛けていこうと思います。幸いにして実績というか、数字に関しては十分すぎるぐらいにあるので、新人のくせして分不相応な〜、なんて感じで切り捨てられることもないだろうし」
今までは数字はあれど、それと同時に新人フィルターもあったので遠慮していたけど、

ここまで突き抜けてしまえば問題なかろう。

あとはお相手さんの印象とスケジュール次第というか、お誘いされたら一考に値する存在にはなっているはずだ。

「そんなわけで、今後はコラボしたいと思った相手には、所属とか関係なくガンガン声を掛けていこうと思います。実際、既に何人かのライバーさんにお誘いを掛けていて、さらに何人かの方からはオーケーの言葉もいただきました。――てことで、後日SNSの方でコラボの告知をするので、是非ともご覧ください！」

――つまるところ、『お楽しみはこれから』というやつだ。

CHAPTER 05

OSHI NI SASAGERU DUNGEON GOURMET
Volume_02

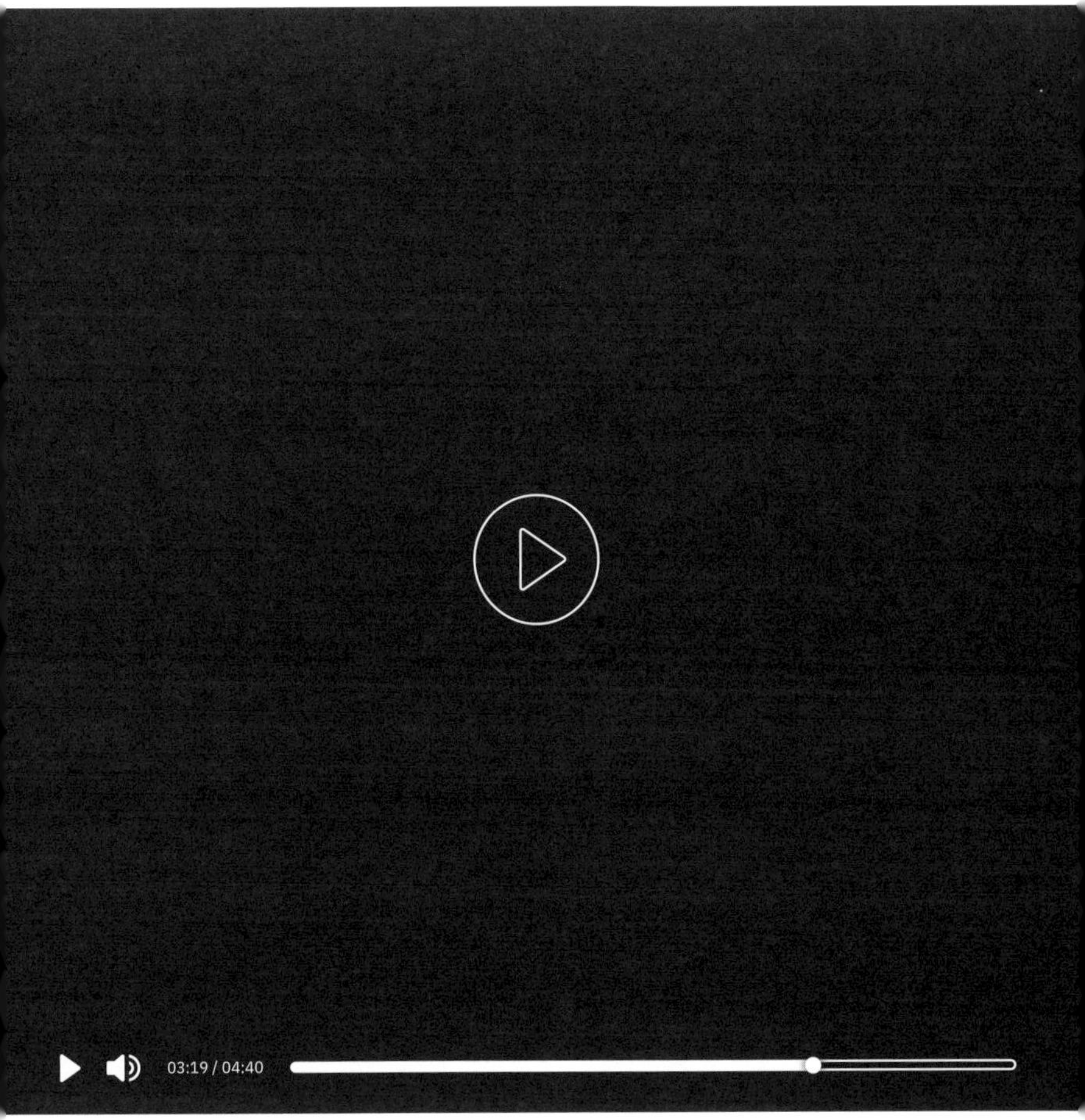

第五章　待望コラボ

A strong explorer debuts as a streamer and
aims for a gourmet collaboration with his admirer.

【速報】山主《やまぬし》さん、リーマンとオフコラボする【やったぜ】

169　名無しの視聴者

楽しみ

170　名無しの視聴者

男性Vトップの一人と、期待の超新星のコラボかぁ

171　名無しの視聴者

どんな風になるのか想像もつかないぜ☆

172　名無しの視聴者

大丈夫？　また山主《やまぬし》さんやらかさない？

173　名無しの視聴者

どうせ飯食うだけだから平気平気

174　名無しの視聴者

絶対に何かやらかすやろ

175　名無しの視聴者

リーマンが振り回される未来が見える見える

176　名無しの視聴者

まあでも、間違いなく面白いことになる

177　名無しの視聴者

ボタンニキの配信は、情報の暴力を楽しむためのものだからな

178　名無しの視聴者

>>176
それはそう

179　名無しの視聴者

存在そのものが『暴』の化身だからね。仕方ないね

180　名無しの視聴者

流石《さすが》にボタンニキでもラインは守ると思うけどな。なんだかんだで弁《わきま》えてる人だし

181　名無しの視聴者

>>180
あのプレミアム配信で弁えてると申すか

182　名無しの視聴者

>>180
世界を震撼《しんかん》させた人間を弁えてるとは抜かしよる

183　名無しの視聴者

い、いやまあ、ライバーとしては弁えてるから……

184　名無しの視聴者

ライバー相手だと配慮する。その他の世界中の人間には配慮しない。それが山主ボタンだ

185　名無しの視聴者

実際、マジで他のVTuber相手には腰が低いから困る

186　名無しの視聴者

タメ口とか滅多に使わないから、まあまあ頭がバグるのよな

187　名無しの視聴者

本人が重度のVオタだからね

188　名無しの視聴者

アレだけ個性の塊で我も強いのに、コラボとかだとしっかり相手を立てるのなんなん？

189　名無しの視聴者

前のソナタの宮殿の時とか、ちゃんとゲストの一人に徹しようとしてたもんな。その上でエピソードの強さで全部掻《か》っ攫《さら》ってたけど

190　名無しの視聴者

賛否はもちろんあるだろうけど、本来なら『俺が俺が』を許されるキャラの濃さと実績はあるからな。そういう意味では、確かに弁えてると言えなくはない

191　名無しの視聴者

問題はそれがマジでVTuber限定ってことでして

192　名無しの視聴者

もっと協調性とか持ってもろて

193　名無しの視聴者

VTuberやってる奴《やつ》が、んなもん持ってるわけ

194　名無しの視聴者

一部例外除いて、マトモな社会人をやれないからVTuberやってるって人種、まあまあ多いからな

195　名無しの視聴者

なんなら探索者もその傾向はある

196　名無しの視聴者

>>194
これが暴言や偏見じゃなく、純然たる事実なのが悲しいなぁ

197　名無しの視聴者
遅刻癖のあるライバーとか、わりとマジで社会人としてやってけないからな……

198　名無しの視聴者
コンプラ意識もユルユルだったりするしね……

199　名無しの視聴者
つまり探索者とVTuberのハイブリッドである山主さんは、究極で完璧な社不、ってことぉ!?

200　名無しの視聴者
実際、山主さんがサラリーマンやってる姿とか微塵《みじん》も想像できない

201　名無しの視聴者
>>199
個人的には、山主さんは社不とはまた別カテゴリーに思う。単に必要ないことをやってないってだけやろ、アレ

202　名無しの視聴者
あんなメンタル・フィジカル強者の社不がいて堪《たま》るか

203　名無しの視聴者
分かる。あの人は社不とは別種だぞ。他のライバーに対する態度とか、まんま取り引き先を相手にするサラリーマンだし

204　名無しの視聴者
本人や周囲から伝え聞くエピソードを鑑みるに、同業者や関係者にはちゃんと敬意を

払って接しているので、社会人適性は高いと思われ

205　名無しの視聴者
本性がバケモノなことには変わりないけど、擬態自体は上手《うま》いタイプと見た

206　名無しの視聴者
よくよく考えれば、山主って一度も配信遅刻とかしてないしな。わりとマジでそうかもしれん

207　名無しの視聴者
……もしかして山主さん、持ってる常識が違うだけで常識人だったりする？

208　名無しの視聴者
配信での言動も、全力でエンターテイナーをやってると考えれば……

209　名無しの視聴者
>>207
それはただの非常識や

300　名無しの視聴者
>>207
常識が違う知的生命体とかエイリアンとイコールやぞ

301　名無しの視聴者
でも持ってる手札の火力が強すぎるだけってのはアリそう

302　名無しの視聴者
言動の端々から常識人的思考は滲《にじ》み出《で》てる

303　名無しの視聴者

その上で不要と判断したものは容赦なく切り捨ててるから、一般人からするとタチ悪いのよなぁ

304　名無しの視聴者

手持ちのネタがワールドワイドなせいで、切り捨てたものの影響もしっかりワールドワイドになるの、本当に笑えない

305　名無しの視聴者

やっぱりメンタルがバケモノすぎる

306　名無しの視聴者

あれでちゃんと一般人と同じ目線で意思疎通ができるの、控えめに言ってバグだと思う。怪物なら徹頭徹尾怪物であってほしい

307　名無しの視聴者

それな。コラボしたいかって言われたら、俺がライバーならちょっと考えるもん

308　名無しの視聴者

別に何かされるとは思ってないけど、変な方向に思い切りが良くて、ファンタジー入ってるレベルでフィジカル天元突破してる人間とか、正直関わりたくないしな

309　名無しの視聴者

ライオンは檻《おり》の外から眺めるから楽しめるのであって、同じ部屋で向かい合いたいかって言われるとね……

310　名無しの視聴者

あとシンプルにコズミックホラー的な怖さがある。山主さんの気まぐれで、全てが無に帰すかもって思うと普通に怖い

311　名無しの視聴者

そう考えると、リーマンも凄《すご》いよな。よくオフコラボなんてOKしたよ。しかもこの時期に

312　名無しの視聴者

あの動画を出してすぐにオフコラボを決められるの、中々できることじゃないと思う

313　名無しの視聴者

話題性は抜群だし、数字的な意味では凄いメリットあるのは確かだろうけど、普通は尻込みするよなぁって

314　名無しの視聴者

度胸が凄い

315　名無しの視聴者

そりゃホラゲー配信で一切驚かないリーマンやぞ。肝が据わってるって評価は伊達《だて》じゃない

316　名無しの視聴者

まあ、それを抜きにしてもリーマンって浪漫《ろまん》主義者だからな

317　名無しの視聴者

心の中に小学生が住んでるんだから、そりゃスーパーマンには会いたいやろ

318　名無しの視聴者

あー

319　名無しの視聴者

そう言われると確かに。山主さん自体、やべぇ奴だけど悪人ではないし、断る理由も特にはないか

320　名無しの視聴者

あとシンプルに飯に釣られた可能性も

321　名無しの視聴者

コラボしてもメリットしかないと言われたら、それはそうと頷《うなず》くしかないからな

322　名無しの視聴者

オフコラボだと大概美味《うま》いものが付いてくるもんなぁ。それも超高級品

323　名無しの視聴者

マジでライバー以外に対する配慮がないだけなんよ。山主さんの欠点って

324　名無しの視聴者

ライバーとして接するだけなら、この上ない好人物ではある

325　名無しの視聴者

あと観客な

326　名無しの視聴者

無関係な立ち位置で楽しむ分には、マジで山主の配信は最高のコンテンツ

327　名無しの視聴者

定期的に爆弾が炸裂《さくれつ》するから、そりゃ見てて楽しいよね

328　名無しの視聴者

金あり、性格良し、フィジカル最強。ビジュアルは不明だけど、少なくともデブやオッサンではない。それでいて義理人情もちゃんと理解して、困っている女の子には躊躇《ちゅうちょ》なく手を差し伸べるし、男の浪漫にも理解を示す。……なんだこれ完璧超人か？

329　名無しの視聴者

>>328
でもその完璧超人、やりたいこと最優先で、他人の迷惑を顧みない系な自己中の可能性大なんですが

330　名無しの視聴者

うーん。見事なまでに天は二物を与えずである

CHAPTER 05

第五章　待望コラボ

俺が新たに設立したサブチャンネルは、VTuberとして活動することに重きを置いたチャンネルだ。

そして【山主ボタン】の代名詞とも言えるVTuber活動は、ダンジョン産の食材を使った料理配信である。……超美麗高画質3Dモデル（笑）を使用する企画が、VTuberの代名詞に相応《ふさわ》しいかと問われれば、俺自身も苦笑せざるを得ないのだが。

だがしかし、だがしかしだ。この企画はある意味で俺のVTuberとしての原点でもあった。なにせ俺がこの業界に飛び込むことを決めたのは、推しのVTuberが配信内でダンジョン産の食材を絶賛していたからなのだ。

「……始まり……ましたね。はい皆さんこんばんはー。デンジラス所属のスーパー猟師、山主ボタンです。そして――」

「はい、こんばんは。はじめましての方ははじめまして。ばーちかる所属のサラリーマンこと、沙界《しゃかい》ジンでございます」

：ばんわー

：きちゃ！

：リーマンだぁ！

：まさかまさかのコラボですよ！
：告知見てからずっと楽しみだった！
：推しと推しがコラボしてるとか凄い嬉《うれ》しい
：いやー、どんな配信になるか楽しみだなぁ
：こんばんはー
：はじまた
：待ってました！
：ずっと待ってた！
：きたぁぁぁぁ！
——故にこれは原点回帰。そして願望成就。俺にまつわるあらゆる状況が変わったからこそ決断した、念願のコラボ配信。
「本日は事前に告知していた通り、オフコラボとなっております。お送りしている場所は、俺が個人的に所有している料理スタジオです。以前に配信で話してから、今回のコラボでようやくのお披露目となりました」
「いやー、事前に話を聞いてはいたんですが、こうして実際に目にすると凄いですね。まさか本当に個人でスタジオをお持ちとは……」
　感嘆の中にわずかな興奮の色を混ぜながら、隣に座る沙界さんがキョロキョロと周囲を見回した。ビッグネームである沙界さんにとって、スタジオ自体は見慣れているのだろう

が、やはり個人所有となると話は変わるらしい。

準備の段階で、今回のコラボが初披露と伝えた際は大変恐縮されたものだが、個人的にはベストなタイミングであったと強く主張したい。

なお、配信画面はフリー素材の背景に、お互いの立ち絵をポンと置く形となっている。せっかくのオフコラボということもあり、叶《かな》うことならもっと動きのある画面を用意したかったのだが……まあ、これについては仕方ない。

なにせ俺は、未《いま》だに自分の３Ｄモデルを持ってないのである。チャンネル登録者数的には、持っていない方がおかしくはあるのだが……。残念ながら、今までの俺にはそんな余裕がなかったのだ。

なにせデビュー当初から燃えた挙げ句、その後は鳴かず飛ばず。で、料理配信をするようになって急激にチャンネル登録者が爆増。

そこからライブラ関係で炎上したり、またチャンネル登録者が増えたり、アンチの処理に追われたり、俺の動画でまた騒がしくなったりと、まあ日常的にいろいろあったわけで。デンジラスが大きい事務所でない以上、どうしてもマンパワーに限りがある。その状態で俺由来のアレコレに加え、先輩方のマネジメントも並行して行わなければならないというのは……さすがに無理がある。

特に致命的だったのは技術スタッフの半数が、一部の先輩方の３Ｄプロジェクトに掛かりっきりになっていたことだろう。

当初の予測では、俺が3Dモデルを与えられるラインに到達するのはまだまだ先であったために、結果としてものの見事に人手不足に陥った。

人を雇うにしても、そう簡単にできることではないし、かと言ってすでに進めているプロジェクトも手を抜くわけにはいかない。そして俺自身は、3Dに並々ならぬ思い入れがあるタイプではなかったため、ひとまず後回しにする方向で決定した。

その判断がこうして推しとのコラボの時に返ってきたのだから、なんともままならないことである。……そもそも料理配信では超美麗高画質3Dモデル（笑）を頻繁に使っているため、『3Dとか別にいらんくね？』なんて思ってたのがなぁ。

こういうところで締まりが悪くなるとは、見通しが甘かったなとちょっと反省。せめてもう少しクオリティの高い背景を用意しておくべきだった。

さすがにモデルは事務所の領分故に手は出せないが、それ以外の配信パーツを用意するのは俺の役目。自分の配信では不自由してないとはいえ、コラボのような相手がいる配信ではその限りではない。

招く側が貧相な配信画面というのは、些《いささ》か以上にみっともない。いや、配慮に欠けると言うべきか。配信パーツについては個々のセンスもあるので脇に置くが、最低でも環境を整える意識は持たなければ。

相手も楽しみに、それでいて真剣にコラボに臨んでいるであろうことを考えると、これは紛れもない怠慢である。

まあ、長々と意識の高い考えを垂れ流しているが、根っこは極めてシンプルだ。すなわち、推しを迎えるに当たって万全を期さなかったことに対する後悔である。

「では今日の企画を説明……する前に。配信前にもさせていただきましたが、改めてご挨拶を」

……とは言え、それらを表に出すのはまたナンセンスである。反省点を振り返るのは後回し。今はこのコラボを成功させるために切り替えていかなければ。

「本日はコラボ、それもオフコラボをお受けいただき、本当にありがとうございました。いやもう、いきなりオフコラボなんか誘ってしまって申し訳ないです」

「いえいえいえ！　そんな気にしないでください。むしろお誘いいただきありがとうございます」

うーん。相変わらずとても畏《かしこ》まった人である。いや、単に俺が配信を頻繁に観《み》ているからアレなだけで、実際は初対面なので当然の対応ではあるのだが。

ただやはり、こうして直接言葉を交わしてみると、事前情報のそれと変わらない印象に落ち着く。

プロフィールの項に『社会人』と載っているだけあって、礼儀正しく、腰が低く、それでいてユーモアにも溢《あふ》れた人柄をしているのが分かる。

なんと表現すべきか。人の良さと好奇心の強さが隠しきれていないのだ。可能ならばというスタンスだったとはいえ、いきなりオフコラボに誘うという無法。

しかし、返ってきた文面はとても丁寧で、不快感などは一切感じさせない内容。むしろ嬉々《きき》として食いついてきた印象を受けたぐらいで、なかなかに愉快な性格をしているなと密《ひそ》かに感心したほどだ。

いや、本当に驚いたのよ。ＯＫの返事が来た時は。思わず『よろしいんですか？』って訊《たず》ね返しちゃったぐらいだし。だって話題沸騰中の配信者とはいえ、絡みゼロで所属企業すら違うのよ？　それで二つ返事なんて思わないじゃん普通。

そしたら返ってきた回答がアレよ。あまりにも豪快すぎて、ついつい声を出して笑ってしまった。

『顔バレについては問題ありません。元々、実写系配信者として活動していた身ですし、そうでなくてもライバーさんやスタッフさんなど、こちらの業界に身を置く方とは、何度も直接対面していますので』

いやー、肝が据わってるというか、キャリアの違いを思い知らされたよね。やっぱり俺は生粋の配信者じゃないし、未だに視聴者気分が抜けてないことを思い知らされたよ。

そうだよなぁ。VTuberをやっている人間なんて、大抵が前世というものを持っているのだ。じゃないとVTuberをやろうなんて考えない。少なくとも、配信で人気を得るには相応のスキルがいるのだから。

俺はあくまで例外で、配信者としての実力はまだまだだ。だからこそ視点が視聴者寄りのままだった。

VTuber、特にトップ層は身バレをそこまで気にしていない。いや、正確には前世バレを気にしていないというか、バレているものと考えている。

沙界さんを筆頭に、彼らが注意しているのは第一に個人情報の流出。そして第二に、VTuberとして活動する最中にネタにならない類《たぐ》いのリアルを混ぜてしまうこと。

重要なのは、応援してくれているリスナーの期待を裏切らない、幻滅させないことなのだ。客の前で着ぐるみがガワを脱がないのと同じ。

逆に相手が客《リスナー》でないのなら、同じ着ぐるみやスタッフ相手なら、中身を晒《さら》すことにそこまで抵抗はないのだろう。なにせそれは、普通に仕事の話なのだから。……もちろん、仕事相手としての信用が存在することが大前提だろうが。

そういう意味では、俺は沙界さん視点では信用に足る相手だったということなのだろう。少なくとも、仕事仲間としてカウントしてくれたはずだ。……断りたくても断れなかった、なんてことではないと思いたい。

「正直、私としても山主さんとはお会いしてみたいなと思っていたので。今回のお誘いは、本当に渡りに船だったんです」

まあ、こう言ってくれているのだ。おべっかや社交辞令だったとしても、今回は額面通りに受け取るに限る。もちろん、そうではないのは声音で分かってはいるのだが。

アレだ。せっかくの最推しライバーとのコラボなのだから、変に深読みとかするのではなく、頭を緩くして馬鹿みたいに楽しみたい。これはそういう話だ。

「そう言っていただけると、こちらとしても助かります。それでは、軽く企画の方を説明していきましょうか。……と言っても、こっちで用意した食材をツマミながら、ダラダラ雑談していくだけなんですがね」

「スナックみたいなもの、なんて事前の説明では言ってましたね」

「実際そんなもんですよ。ママはいませんがね。……なんせ初絡みですし、いろいろとお話したいじゃないですか。もちろん、話題のタネになるようなものはちゃんと用意してるので、ご心配なく」

「……失礼を承知で言うんですが、正直何が出てくるか怖いんですよねぇ」

「ははは。楽しみにしていてください」

：それな
：また高いやつが出てくるんだろうな
：草
：楽しみにしていてくださいは、答えになってないんだよなぁ
：山主さん、生きたビックリ箱みたいなもんだから……
：リーマンが戦々恐々としてて草
：当たり前の反応なんだよなぁ
：金銭感覚からして違うからな
：山主の常識に期待してはいけない

‥絶対にエグいの出てくるって確信がある。

いやー、どうやら俺も期待されちゃってるみたいだからなー（棒）。それなら、是非とも全力で『お・も・て・な・し』させていただこうではないか。

「ではでは、雑談の方から始めましょう。あ、これお酒とオツマミです」

「思ってたより普通なの出てきた」

「そりゃ開幕からかっ飛ばしませんよ」

雑談のお供として用意したのは、市販品のワインとナッツ。こういうのは徐々にアクセルを踏むのが楽しいのであって、最初から全力を出すのは事故の元である。

具体的に言うとスベる。それもネタがウケないのではなく、そもそもネタについていけないという一番悲しい形で。さすがにそんなのは御免だ。

「なんというか……意外でした。てっきり、ダンジョン産の食材の何かが出てくるのかとばかり。……あ、いえ、用意していただいたものに文句があるわけではないんですが！」

「あははは。そんな慌てなくて大丈夫ですよ。単純に予想外だったのは分かってますから。あ、ワインは大丈夫です？」

「はい。それは大丈夫です」

実際、これまでの俺の実績を考えれば、ここでダンジョン産の食材を出してくると予想するのは当然。それだけ擦《こす》りまくってきた自覚もある。

それで市販品が出てきたのだから、おやと首を傾《かし》げたくもなるだろう。印象が先行する初対面なら尚更《なおさら》だ。
「まあ、食前酒ってやつですよ。最初っから飛ばすのもアレですし。特に今回は気合いを入れてきてるんで」
「なるほ……ちょっと待ってください？　なんか今、地味に不穏なこと仰《おっしゃ》いませんでした？」
：山主さんが市販品、だと？
：食前酒ねぇ。なんか怪しいと思うのは俺だけ？
：気合い入れたとか何それ怖い
：ワインなのか
：リーマンが戦々恐々としてて草
：ちょっとどんな物か気になるんで、写真欲しいです
：不穏なんだよなぁ
：嵐の前の静けさって言葉があってですね……
：これ大丈夫なのかしら？
：アカン気がするのはワイだけ？
：草
む。気になるコメント発見。はいはい、それじゃあ映り込みに気をつけながら写真をパシャリ。あとはこれを投稿して……よし。

なお、戦慄の表情を浮かべている沙界さんに関しては、意味深な微笑《ほほえ》みだけ返してスルーしておく。後のお楽しみというやつだ。

「まーまー。とりあえず、乾杯といきましょう。ささ、どうぞどうぞ」

「あっと、これはどうも。……今どうやってコルク抜きました?」

「指で、こうピンと」

「……指で」

凄く名状し難い表情でこっちを見られた。配信でいろいろやっているので今更な気もするのだが、やはり生で目にすると違うらしい。

ま、それはともかく。二つのグラスにトクトクとワインを注《つ》ぎ終えたので、軽くチンと鳴らしてはい乾杯。

「うん。我ながら悪くないチョイス」

「では失礼して……あ、美味《おい》しい」

軽く含み舌で転がすと、上品で芳醇《ほうじゅん》なぶどうの風味が口の中に広がった。酸味と渋味の具合もいい。キリッとした辛口が特徴という論評通りの、素晴らしいキレの爽やかさだ。

食前酒としては上等も上等。同じ感想を沙界さんも抱いたようで、軽く目を見張りつつもグラスを傾けている。

「……本当に美味しいですねコレ。ワインの銘柄は詳しくはないんですが、これかなりいいやつだったりしません?」

「さあ、どうなんでしょう？　適当にネットで味の評価見て注文したんで。俺自身もそこまでワイン、てかお酒には詳しくないので、その辺りはさっぱりっすねぇ」

「へー。ちょっとボトル見て大丈夫ですか？」

「どうぞどうぞ」

：有名なワインなんかね？

：適当かぁ……

：買う時に値段見てねぇパターンではこれ？

：あ、察し
：写真見てきたけど五万しますねあのワイン
：アレ結構な有名どころやんけ！

：わりと真面目にリーマン味わってて草なのよ
：五万ってマ!?

：しっかり高級酒じゃないですかー！

：食前酒にするには上等すぎるんだよなぁ!?

：メイン張れる品やでそれ
　お、コメント正解。投稿した写真から、用意したワインの値段に辿《たど》りついたリスナーが多数いたようだ。

　やはり趣味扱いされるだけあって、ワインに詳しい人間はそこそこいるっぽい。

「っ、ハハハハッ!!　……いや、つい笑っちゃいましたけど、五万ってマジで言ってます!?」

「確かにそれぐらいの値段はしましたねぇ」

「いや反応軽くないですか!?　五万円のお酒ってガッツリ高級酒ですよ!?」

「いやいやいや。ゲストを持て成すのに安酒出すわけないじゃないですかー」

なんだったら五万ですら安いと思ってたりするかんね。いや、商品としては十分以上に上等なのは承知してるけど、やはり推しに捧《ささ》げるとなると……ねぇ？

あとは単純に、俺の中の高級酒の基準が大分バグってるってのもある。味はもちろん、飲んだ際に追加効果が存在しないものは、どうしても格落ち感が否めないのである。

「大丈夫ですよ。事前にお伝えした通り、金銭的なアレコレは本当にご心配なさらないでください。むしろ俺の場合、積極的に使って経済回さないといけないレベルなんで」

ちなみにコレはガチである。裏でも沙界さんにいろいろと遠慮された（主に高級食材であるダンジョン産の食材を無償提供すること）わけだが、個人的には本当に心配無用というか、むしろ費用関係はこちらが持ち出ししないといけないレベルだったりする。

なにせこちとら、単純な現金資産だけでも十二桁はある大富豪である。それでいて収入源である探索者業も、もはや身一つあれば十分というシンプルすぎる一次産業。

そのため、基本的には消費が個人レベルから逸脱することがなく、経済的観点からするとわりと真面目によろしくない。

国家にとって金は血液なので、大金が口座に死蔵される＝動脈硬化に繋《つな》がるウンタラカンタラと言われたことも。……最終的には投資の話に移行したのであんまり記憶にないが。

「ま、これは基本的に俺のコラボ方針みたいなものなので。こっちが勝手にやっている以上、気に病む必要はマジでないです」

「そう言っていただけるのはありがたいですけどね⁉　やっぱり限度ってものがあると思うんですよ‼」

「ＨＡＨＡＨＡ。五万の食前酒で驚いてたら身が持ちませんよー？　――なにせ今回のコラボのために、ダンジョン産の食材以外にもいろいろ高いの仕入れてるんで」

ダンジョン産の食材はもちろんだが、トークで万全を期すために、話のタネになりそうなネタもしっかり仕入れてきてるんだよぉ！

「……ちなみにですけど、今回どれぐらいヤバかったりします？」

「『食材』と『いろいろ』、どっちから聞きたいですか？」

「……とりあえず、いろいろからで」

いろいろかー。ならもう、この際だから出しちゃうか。

ということで、空間袋から今日のために仕入れた品を、ヒョイヒョイと沙界さんの目の前に積んでいく。

「っ、待って待って待って待って⁉　凄いの出てきた！　なんでもなさそうなテンションで凄いのがたくさん出てきたんですけど⁉」

：なんかリーマンがめちゃ焦ってる……
：これマジでやべぇの用意してきたな？
：なんぞなんぞ
：早く教えてー
：写真欲しいなー
：草
：ガチで驚いてるやつやん
：あのリーマンがここまで焦るって相当では？
：なんじゃー？
：これはヤバイ気がする
：草

おっと。そうだったそうだった。これも写真上げないと、リスナーがよく分かんないか。

というわけで、パシャッとやってツイート。

「というわけで、適当なカードショップの通販で買《か》い漁《あさ》ってきたWTG、正式名称ウィザード・ザ・ギャザリングの未開封BOXの山です。沙界さんがお好きとのことだったので、話に詰まった時に剝《む》こうかなと思って用意しました」

「馬鹿じゃないですか⁉　失礼を承知で言いますけど、あなた馬鹿なんじゃないですか⁉　さすがにそんな箸置き感覚で持ってきていいもんじゃありませんからねコレ‼」

「いやほら、カード開封って盛り上がるじゃないですか」
「確かに開封作業は楽しいですけど！　ここにあるの全部、個々で枠になるぐらいには貴重な品なんですよ⁉」
：予想以上にやべぇもん持ってきとるやんけ⁉
：おまっ、この馬鹿野郎！
：あの写真のやつ、そんなにヤバいん？
：ツイートの反応で察した
：山主さん、このコラボのためにいくら使ったん……？
：頭おかしい
：ＷＴＧ分かんない人に説明しておくと、右上から順にざっくり五十万、四十五万、六十万、二十万、三十万、五十万、六十五万ぐらいする。
：合計で三百万以上しますね
：草
：エグい金額出ててワロエナイ
相変わらずカードってアホみたいな値段するよね。まあ、それでも端金《はしたがね》にすらならないのですけど。なんなら推しが慌ててる姿を見れただけでプラスになるレベル。
「さすがにこれはやりすぎですよ山主さん……」
「んー、これは個人的なツボというか、性癖みたいな話になるんですけど。男女問わず

知ってるライバーさんが、赤スパとかで殴られてるのを観ると大変気分が良くなるんですよね。特に喜ばれるより、戸惑われたり遠慮したりしてる姿の方が高ポイント」

「なんで今その話しました？」

用意したことに深い意味はないという自白です。冗談抜きで賑《にぎ》やかしのためにしか買ってません。

結局世の中、金なのである。掃いて捨てるほどの金があるのなら、無駄遣いなど気にする必要もない。推しの反応が買えるのなら尚更である。

「贈与税の対象になりそうだから踏《ふ》み留《とど》まってますけど、そうでなければお近づきの印としてプレゼントしようかなと思ってたぐらいで」

「止《や》めましょう？」

「じゃあ剝いた後に適当にトレードします？　相場知らないんで鮫《さめ》トレし放題ですよ？」

「しませんよ？」

「でも実際問題、こういうコレクションアイテムはコレクターの手元に渡った方がいいと思うんですよねぇ」

「今度私が全力でプレゼンして、山主さんをＷＴＧの沼に沈めてみせますので、ひとまず今回は止めましょう？」

「左様ですか」

話し合いの結果、ＢＯＸ開封はまた後日別枠でということになりました。次のコラボの約束ができたのは棚ぼたと言うべきか。まあやったぜ。
「……今ちょっと報告がきました。ＷＴＧと一緒に、山主さんがトレンド載ったそうです」
「あらー」
「反応が軽い……」
：トレンドにＷＴＧ載っててなにかと思ったわ
：ガチやん
：おめでとう？
：草
：そりゃ載るよ
：反応が草
：山主さん超どうでも良さそうやん
：てかボタンニキの場合、普通に配信するだけでもトレンドに載るレベルなのよ
：草
：祝い甲斐《がい》のない反応だ
：もっと喜べ
報告を貰《もら》ったので、俺もＳＮＳを軽く確認。……んー、ざっと眺めてみたところ、ＢＯＸの価値や合計金額をメインに祭りとなっているようだ。

なお、ちょくちょく『金持ちアピールがウザイ』などのアンチツイートがあるのはご愛《あい》嬌《きょう》というやつか。

ま、全体的に受け入れられているようでなにより。沙界さんを巻き込んでの炎上などはなさそうだし、とりあえずもう放置でいっか。

「あ。ばーちかるの人たちも、何名かツイートしてますね」

「マジですかちょっと確認しますね」

前言撤回。ばーちかるのライバーさんたちが反応しているなら確認しなきゃ。ワンチャンWTG関係で反応したなら、あの人たちの可能性も高いだろうし。

「おー。結構な人が反応してますけど、やっぱりプレイしている人たちの食いつきが凄いですね」

「そりゃそうですよ。今仕舞ったBOX、一つ一つがファン垂《すい》涎《ぜん》の品なんですから」

「……ファーストのBOXあったらどんな反応してたんでしょうね？」

ちなみにファーストとは、WTGで初めて発売されたBOXであり、『ファースト・エイト』と呼ばれる伝説のパワーカードたちが封入されている代物である。

その八種のカードは再販版ですら超高額で取り引きされており、最初期のファースト版ともなると、状態にもよるが一枚で七桁いくそうな。

「ちょ、ちょちょちょっ！　待ってください持ってるんですか⁉」

「いやー、あくまでたとえですね。さすがに持ってないです。貴重すぎるせいか、何処《どこ》にも売りに出てなくて」
「まるで売りに出てたら買っていたかのような口ぶり……」
「買ってましたよ？」
：いきなりファーストのＢＯＸとか出てきたら腰抜けるわ
：流石に山主さんでも持ってないか
：売りに出てたら買ってたんかい
：やっぱりヤバいわ山主さん
：草
：でも実際買えるだろうなぁ……
：なんで料理系の配信でＷＴＧの話になってるんです？
：てか、状況次第ではこの場でファースト剥いてたとかマ？
：草
：草
：そんな前菜扱いしていい代物じゃねぇから！
いやねー。金額に関しては、ぶっちゃけ大した問題でもないんだけどねー。そもそも売ってないものはどうしようもないし。
もちろん、しっかり探せば出てくる可能性もゼロじゃないけど、正直ちゃんとした店とかじゃないと買う気しないし。下手なネット通販だと妙なトラブル起きそうで怖いじゃん？

「まー、ファーストは今後も探すつもりではありますけどね。見つけ次第買う感じで。その時は一緒に剝きましょう？　あ、なんならお知り合いの方も呼んで。というか、さっきの山の開封の時もお声がけしても構いませんよ？」

「ははは……。では、お言葉に甘えて。その時は、私も知り合いを誘ってみますね」

「やったぁ」

やったぁ。

「では話を一旦戻しまして」

「……すみません。なんの話してましたっけ？」

「用意した品についてですね」

「あー……」

ＢＯＸのインパクトのせいで忘れてたようだけど、元を辿ると『食材』と『いろいろ』で、沙界さんが後者を選んだ結果滑らかに脱線していったのである。

「てことで、次は食材の方ですね。まあ、これも説明するより見てもらった方が早いわけですが」

ということで、はいドンッ。空間袋の中から、今日のために用意していた食材を取り出す。ついでに写真も取ってＳＮＳにポイちょ。

「……ソーセージに、樽《たる》の……お酒ですか？」

「そうですね。ちなみにソーセージはドロップ品ではなく、ドロップ品を使った自家製だったりします」

「自家製⁉」

：もう絵面からして美味いやつやん
：樽酒……感じからして洋酒系かな？
：樽に入った酒とかビジュアルがつおすぎる
：ファンタジー系の酒場で定番のアレやん！
：ソーセージもやべぇな。絶対美味いぞアレ
：ぶっといソーセージと酒かぁ。ドワーフかな？
：ソーセージが自家製ってマ⁉
：夢みたいなビジュアルしてる
：最強タッグやん
：ドイツスタイル
：酒を飲ませるためのメニュー
：自作ソーセージだと……？

なんか自家製のソーセージで驚いているリスナーがちょくちょくいるが、ぶっちゃけそこまで難しい料理ではないとだけ言っておく。

極論言えば、ひき肉と牛豚羊の腸《はらわた》と専用の調理器具があれば余裕だ。専用の調理器具に

関しても、普通に家庭用のが売ってるし。

なお、簡単ではあるが、配信のテンポの問題で今回は事前に作ってきた。なんか調べた限り一番美味そうに作っていた動画で、『冷蔵庫で乾かしながら冷やして熟成させる～』なんて工程が挟んであったんだよね。コラボ相手を待たせすぎるのもアレだったし。

あと使う腸の種類によっては、色々と名前が変わったりするらしいのだけど、素人からすれば大した違いではないので悪《あ》しからず。

今回は細かいことは言いっこなしで、全部まるっと『ソーセージ』として扱うことにする。

「なんというか……スーパーとかで売ってるのと違って、凄い存在感がありますね」

「そりゃまあ、袋ウィンナーとかと違って明らかにぶっといですからねぇ」

「海外のお店とかで出てきそうですよね」

そうっすね。バルとかでちゃんとした一品料理として提供されてそうな、そういう重厚感が漂ってくるというか。まだコレ焼き目も何もついてないのよ？

「……コレを今からジュワーと焼くんですよ。そんでバツッと噛《か》み切《き》りながら、お酒と一緒に流し込むわけです」

「……」

：悪魔の囁《ささや》きやめれ
：想像しただけで美味そうなんですが

：……ゴクリ
：黄金メニューやん
：めっちゃ美味いやつ
：草
：酒を飲ますための料理なんだよなぁ
：全力で仕留めにかかってて羨ましい
：リーマンが無言になるレベルの誘惑かｗ
：びゃー美味い
：美味そう
：もうこの時点で飯テロ

ゴクリと、スタジオに喉が鳴る音が響く。もちろん、音の主は沙界さんだ。まあ当然の反応だろう。

なにせコレは、沙界さんが配信で話した個人的な優勝メニューの一つなのだから。

「……あの、もしかして私の好みって知ってました？」

「そりゃもちろん。コラボ相手の好物を調べるのは当然ですよ。まあ、沙界さんのは調べるまでもなく知ってましたが」

「それは……つまり配信とかを観てくれていたと？」

「そうですそうです。このタイミングで言うのもアレですけど、俺の推しだったんですよね、沙界さんって。なんなら沙界さんがきっかけで、VTuber目指したレベルですし」

「そうなんですか⁉」

「それで食材の解説に戻りますけど、ソーセージに使用してるのはドラゴンの肉です」

「いやちょ、まっ……ドラゴン⁉」

「そんで樽の方は【竜王のエール】というお酒でして。これもまた一定以上のドラゴンを倒すと、極低確率でドロップするめたくそに美味い酒です」

「またドラゴン⁉」

はいそうです。ちなみになんでドラゴンが酒落とすねんって話なのだが、ドラゴンは倒すと割といろんなものをドロップするのである。

お宝好きや酒好きなど、いろんな逸話が大量にあるからだと思われる。

「そんなわけで、本日のメニューはドラゴン祭りとなっております。いえーいどんどんぱふぱふ」

「情報の暴力なんですよ‼　説明責任を放棄しないでくれませんか⁉」

「……これもまた癖、というやつです」

「説明めんどくさくなってるだけですよね⁉」

そうとも言う。……いや、冗談です。配信的にもよろしくないので、ちゃんと解説はします。

「ではまず『ドラゴン』について。言わずと知れたモンスターの王様であり、ファンタジー系の作品で必ず一体はボスを張っているメジャー存在ですね。一般人でも、なんだかんだ馴染《なじ》み深い存在なのではないでしょうか？」

「……まあそうですね。いわゆるファンタジーの代名詞ってやつです」

そんな訳で、まず最初に『ドラゴンとはなんぞや？』という話題から。

ちなみにこれは余談だが、俺の志望動機は見事にドラゴン関係の情報で流された模様。

計画通りである。やはりドラゴンは強い。

「では現実の、ダンジョンに出てくる方のドラゴンはどうなのかと言うと」

「……言うと？」

「なんかよく分からんボス、というのが正直なところです」

「はい？」

：分からないの？

：ドラゴンはドラゴンでは？

：どういうことなの？

：山主さんが分からなきゃ、多分この世の誰も分からんのよ
：草
：急に雑になったな
：適当すぎません？

：雑ぅ

：解説とは
：ええ……

ＨＡＨＡＨＡ。やはりそういう反応になったか。いやまあ分かるよ？　ドラゴンなんてメジャー存在が、現実では正体不明と言われたところで、そりゃポカンという反応になるよ。

だがしかし、だがしかしだ。奴らを何度も狩っている身としては、最終的な結論が『分からん』に収束するのである。

「まず大前提として、ドラゴンって基本的にオンリーワンのモンスターなんですよ。ゲームとかで『ユニーク』なんて呼ばれてるアレです。つまり一体倒せば、二度と同じやつは出てこないんすよ」

「そうなんですか!?」

「そうなんです。なんかたまに探索者がドラゴンを倒したとかで、写真や動画を上げてお祭り騒ぎになってますけど、アレって全部カテゴリー的にはワイバーンと同じなんですよ。【亜竜】です。ドラゴンっぽいものってことで亜竜です」

：そうなの!?

：おいなんかサラッと衝撃的な情報出てきたぞ!?

：マジで言ってるそれ？

：これ専門家が揃《そろ》って頭抱えるやつでは……？

：じゃあのいかにもなドラゴンたちは、全部が全部偽物、ってことォ!?
：いや、アレをドラゴンと言わずになんて言うの……？
：フィクションと現実は違うとは言うけども
：またサラッと新情報投下する……
：探索者界隈《かいわい》が騒然とするぞ
：新情報やめーや
：えぇ……

おー。ザワついてるザワついてる。まあ仕方あるまい。探索者、いやそれ以外の人たちにとっても、ドラゴンとはある種の憧憬《しょうけい》。事実として、ドラゴンにまつわる情報は世界が興奮とともに受け取ってきた。――それをたった今、偽りと切り捨てたのだ。

でもね、ガチなのよ。ファイヤードラゴンとか、ウィンドドラゴンとか、アイスドラゴンとか、いろいろ情報が拡散されてるけどね。アレ、全部が分類的にはドラゴンモドキなのよ。

一般的な鑑定とかだと『ドラゴン』ってついてることもあるから、探索者ですら普通に勘違いするという罠《わな》。ロバの仲間であるシマウマを、名前のせいでウマと間違えてしまうアレだ。

まあ、ガチのドラゴンが、本体もドロップアイテムもガッツリ固有名詞で出てくることを知らなければ、そりゃ騙《だま》されて然《しか》るべきではあるのだけど。

「ガチのドラゴンは、総じてオンリーワンの異形です。同種、つまり同じ姿形をした個体が複数確認されているのなら、それはすべてドラゴンモドキの亜竜になります」

「異形、なんですか……?」

「はい、異形です。まあ、亜竜系モンスターの原典だけあって、大まかな姿形が似てる奴も多いんですけどね。ただそれでも、絶対にそいつしかありえない特徴が一つはあるんですよ」

一部が非実体だったり、なんか謎の部位が備わってたり。……一番酷《ひど》いのだと、生き物の死体が鱗《うろこ》の代わりに生えてた奴とかいたからな。

「ファンタジーの代名詞だけあって、現実でもオンリーワンという意味で特別なんですよね。全部が全部、それこそアイテムまで二つとない代物というか」

俺が持ってきた竜王のエールも、ドラゴンの酒だからそんな名前になってるだけで、中身に関してはオンリーワンのアイテムだ。フレーバーテキストも物によって全然違う。

だから結論が『分からん』に収束するのよ。ドラゴンなんてカテゴリーにぶち込まれてはいても、種族的な特徴が存在しているかどうかも不明だから。

なんだったら、お前は明らかに違うだろって奴ですら、鑑定するとドラゴン扱いされてることがあるし。

「アイツらについて分かってることなんて、せいぜい強さぐらいなもんですよ。総じて無駄に強い」

「そんなになんですか？」

「そりゃもう。伊達に神話で英雄の試練として登場したり、神の僕《しもべ》や敵対者として描かれてないですよ。間違いなく神に連なる怪物です」

：それカテゴリー的にはラスボスやんけ！

：ええ

：神様クラスってこと……？

：それを倒してるあなたは何なの？

：ゲームだったらエンドコンテンツじゃねぇか

：大丈夫？　それ世の中に出していい情報？

：それは例のウミフラシとどっちが強いんですかねぇ……？

：俺たちが興奮していたドラゴンがドラゴンじゃなかったなんて……

：まあでも、確かにドラゴンってオンリーワンだよな。大抵の神話でそうなってる

俺ですら個体によっては苦戦したりするからな。本当にそんぐらい強い。ある意味でダンジョン後半の壁だ。ちなみに強さ的には、俺の知る最弱個体でもウミフラシとは比べものにならないレベルだったりする。あの水風船じゃ一撃で死ゾ。

「……あの、今更なんですけど。つまるところコレって、洒落《しゃれ》にならないぐらい貴重なアイテムってことですよね……？」

「時価なので値段なんかあってないがごときですよ」

「それで誤魔化せると思ってます？」

「いやほら、買い手がつかなきゃ如何《いか》に高級食材でも廃棄になるので……」

ドラゴンなので価値的には十一桁ぐらい余裕でいくけど、結局のところ食材の範疇《はんちゅう》は出ないからなぁ。何かしらの効果付きなら話は別だが、今回はそうじゃないし。

正直、ここまで価値が突き抜けると買い手もつかないだろう。それなら値段を気にするだけ無駄だと思うのですよ。一周回って無料《ただ》になる。

「ちなみに酒の方は【果樹竜《かじゅ》スミレグンジョウ】。ソーセージの肉は【凝蝕竜《ぎょうしょく》ストロロク】というドラゴンからドロップしました」

「何か凄いゴツイ名詞が出てきた!?　そして無駄にＲＰＧっぽい!!」

「ダンジョンってたまに謎のセンス出してくるんですよね。不思議ですよね」

まあ理由は知ってるのだけど、流石にそこまで話を広げるとガチで収拾がつかなくなるので割愛。時間配分は大事。

「さて、そろそろ脱線が酷くなってきたので、メインに戻りましょうか」

「説明が面倒になっただけの気配がするのは気のせいですか？」

「気のせいですね」

：絶対嘘《うそ》やろ
：もっと説明して？

：気のせいじゃない

：相変わらず流れをぶった切るのがおじょうず
：いけしゃあしゃあとw
：草
：なんて迷いのない返事なんだ……
：嘘くせぇんだよなぁ
：爆弾投げるだけ投げて終わりにするな
：ネットの専門家たちが阿鼻叫喚《あびきょうかん》になっとるんですが……
：草

信用ないなぁ。その通りなので触れはしないが。そしてこれ以上の詳しい説明はしません。また気が向いた時を待つか、自分たちで解明してください。

実際、雑談パートが思ってた以上に長くなったのは事実。ダンジョンに縁のない沙界さんが相手だし、リアクションやらなんやらで話題がとっ散らかるのは仕方ないとしても、やはり限度というものがあろう。

なにせコラボなのだ。それも他企業かつ、初絡みの相手。なによりオフコラボとなれば……ねぇ？

つまるところ、時間制限である。事実、打ち合わせでは二時間弱で終わらせる予定を立てていたし、あまりトークに時間を割くわけにはいかないのだ。

「ってことで、調理の方に移りましょうか。まあ、軽く茹《ゆ》でてから、油でさっと焼くだけなんですがね」

　いわゆる茹で焼きというやつだ。調理工程としてはかなり簡単な部類なので、ちゃちゃっと終えることができるだろう。

　それじゃあ、巻きでいくよー。はいまずガスコンロをドン。その上に水の入ったフライパンをセット。強火にかけてからソーセージをぽーん。

「このままコトコト煮ていきます。具合としては、ちょっとソーセージがふっくらするぐらいですね」

「んー、市販のソーセージだと、二分弱ぐらいですかね？」

「そんなもんですね。参考にした動画が大体それぐらいって言ってたので。……にしてもその見識、流石ですね。配信企画で料理してただけはありますね」

「見識はさすがに過言では……？　というか、口ぶり的にあの動画観てくれたんですね」

「そりゃもちろんでさぁ」

　伊達に推しにカテゴライズしてない。本人の生配信だけでなく、他のライバーさんとのコラボや、公式チャンネルでのアレコレも、しっかりチェックしていますとも。

　ちなみにだけど、沙界さんはわりとしっかり料理できる人だったりする。公式チャンネルの動画で、ちゃんと美味しそうな料理を作ってた。

「っと、そろそろですね。ソーセージを一旦お皿に戻して、お湯を捨てます。そして油をサッとたらして、コンロは中火。で、ここに……」

――ジュワァァァァッ!!
「あー、お肉の焼ける音ぉ！」
「っ、これは堪りませんね……!!」
：あーダメですダメです！
：これは犯罪
：草
：めっちゃ美味そうやん
：草
：片方リアクションがネタに走ってんな
：もうこの音だけで酒が飲めるわ
：やっべぇ……！
：いいなぁ……
：エグいて
：腹減るサウンド
なんと素晴らしいことだろうか。凄《すさ》まじく食欲をそそる音が響く。もはや肉料理のコンサートだ。もうこれだけでスタンディングオベーションしてもいい。
その上でまだ続きがある。ダイレクトに舌を殴りつけるような、この暴力的な香りだ。
この二つだけで理性がガリガリと削られていく気がする。

だが、だがしかし……！　ここで正気を失ってはいけない。軽く茹でられたことで、ふっくらとしたソーセージは繊細だ。

中には溶けだした肉汁という名の旨味《うまみ》がパンパンに詰まっているのだ。なので、ここで乱暴に扱い、皮が破けてしまえば……。

ソーセージ単品で十分以上に美味いので、ミス一つで台無しとはいわない。しかしながら、それをしたら大損という評価を下さざるを得ない。

「ここで焦らず、丁寧に、丁寧に……。全体がこんがりと色づくまで、じっくり焼いていきます」

「……」

皮が破れないギリギリまでフライパンの上で転がし、焼き目と香ばしさを加えていく。

重要なのは見極めだ。……ゴクリと鳴った喉の音はどちらのものか。それすら分からなくなってきた。

旨味の塊――否。これは爆弾だ。弾《はじ》けるのはフライパンの上であってはいけない。これらは然るべき場所で、我々の口の中で炸裂してもらわねばならない。

音が、香りが、ビジュアルが。竜のソーセージが放つ魔性の魅力が、こちらの理性を試してくる。

そんな中で要求される極限の集中力。料理という名の爆弾処理。この究極の旨味を維持する作業は、下手な戦闘よりもよほど難易度が高い。

「……よし。いいでしょう」

——それでも終わりはやってくる。成し遂げた。俺は見事に成し遂げた。推しの前で正気を失うという粗相をすることなく、焼きあがったソーセージを皿に盛り付けることができた。

「ディップはケチャップ、マヨネーズ、粒マスタード。さらにブラックペッパー、カイエンペッパー、バジル、レモンなんかも用意してますので、お好みで。ただ個人的には、最初の一口はなにも付けずにいただいてほしいかなと」

「なる、ほど……」

コトリと、各種調味料を盛った小皿をテーブルの上に置いていく。もちろん、お互い気兼ねなく使えるよう二人分ちゃんと用意した。

「最後に、酒を。……氷はどうしますか?」

「お願いします」

沙界さんが頷いたのを確認し、グラスと氷をテーブルの上に用意する。

ちなみに氷はお高いブロックのやつだ。ここまできたら細部まで拘《こだわ》りたいので、この場で具合のいいサイズに一瞬でカットする。

「っ、おお! 何度か動画では拝見しましたが、実際に目にすると凄いですね!!」

「ハハッ。でしょう?」

沙界さんから興奮の声が上がり、思わず笑みが溢れる。推しがこんな風に反応してくれるとは。わざわざパフォーマンスした甲斐がある。

「……では、お注ぎいたします」

キュポンッと、樽から栓を抜く音が響く。ワインのコルクを抜くような、それでいてより水気の含んだその音と同時。

「「──」」

──甘い。いや違う。そんな単調なものじゃない。もっと複雑で、濃厚で、それでいて異常なまでに爽やかで。

「おぉ……」

「これ、は……」

栓を抜いたことで、樽の口から漏れ出た僅《わず》かな香り。万の果実を凝縮し、そのまま大気へと変換したような分厚いフルーツの存在感。

だが過剰ではない。くどさがない。香りの中には膨大な果実のエッセンスが確かに感じられるのに、むせ返るような暴力性がない。

果実の甘味はある。だがそれ以上に酸味がある。だから爽やかだ。濃厚ではあるが、それと同じぐらい薄いのだ。

「注ぎます」

樽を傾ける。薄橙《うすだいだい》の液体が、トクトクと角氷を伝ってグラスの中に溜《た》まっていく。

それだけで目が離せない。グラスの中で形成される小さな夜明けに、視線が吸い寄せられて仕方ない。

「……できました。こちらが、本日のメインディッシュでございます」

かくしてメニューは出揃った。起爆寸前の極太の旨味の爆弾と、グラスに詰まった夜明けがテーブルの上に並ぶ。

「……」

対して沙界さんは無言。いや正確に表現するのなら、言葉にすることができないのだろう。ジッとテーブルの上を見つめるその姿を見て、俺はそう思った。

実際、竜の酒とソーセージには、それを当然と思わせるだけの凄味がある。魅入らせるような格がある。

香ばしく焼きあがったソーセージ。柔らかに光を反射する薄橙の酒。メニューとしてはとてもシンプル。肉と酒のみ。

しかし、だからこそ誤魔化しが利かない。その上で圧倒的な存在感を放っている。

「それでは、いただきましょうか」

「そう、ですね……」

：ゴクリ
：なんだこの緊張感
：一体どんな味なんだ
：いいなぁ

：早く食レポしてくれ
：気になる
：かつてないぐらいの重苦しさ
：品評会かってぐらいの雰囲気
：羨ましい
：俺も食いたい……

言葉は少ない。配信でそれはどうなのかと言われてしまえばその通りだが……。

でも仕方あるまい。テーブルを中心に放たれる雰囲気、セレブ御用達《ごようたし》の最高級レストランを思わせるそれは、無駄なコメントを許さない。

ただ厳かに。トークは最低限に留め、自然とこれからの食事に集中するべきだと本能が訴えている。

「まずは、ゲストの沙界さんからどうぞ」

「……分かりました。では、最初はプレーンのまま一口失礼いたします」

俺に促される形で、沙界さんがいただきますと手を合わせる。

フォークをソーセージへと突き刺し、ゆっくりと口元へと運んでいく。

「おお……」

そのわずかな間に漏れる感嘆。ポタポタと、一目で分かるほどに大量の肉汁が滴り落ちているのだ。

なんて凄い量だろうか。ただフォークで突き刺しただけなのに。たったそれだけで、ジューシーなハンバーグをナイフで割ったかのような肉汁が溢れている。

当然、そんな光景を前に落ち着いてなんかいられない。食欲をこれでもかとそそるソーセージに、ゴクリと喉を鳴らした沙界さんが意を決してかぶりつく。

「っ、……!!」

バツンッ。ブシャァ。文字に表せば恐らくそんな感じ。肉が弾ける音、肉汁が吹き出す音が響く。

「……」

：すげぇ……

：めっちゃいい音した
：やっばぁ
：音だけでこんな食欲をそそるんか……

：リーマンずっと無言やん
：食レポほしいなぁ！

：感想は!?　感想はないんですか!?

：水風船が割れた時みたいな音したぞ今
：エッッッグッ!!

：わぁお

：あぁぁぁぁぁ!!

：ヤッバ……

コメント欄が加速する。その騒がしさたるや、文字だと思えないほど。スタジオの重厚さとは真逆も真逆。

だがそれも仕方あるまい。たった一口。その一口によって発生した音が、ガッツリと配信に乗ったのだ。

なお、沙界さんはピンマイクなど付けていない。もちろん俺も。そうでありながら、ASMRのような蠱惑的《こわくてき》な音が配信に乗った。

それすなわち、それだけ凄まじい歯応えであったことの証明。それだけの肉汁が宿っていたことに他ならない。

「……」

無言でソーセージを咀嚼《そしゃく》する沙界さん。その姿はなんというか、どことなく鬼気迫る気配を放っていて、流石にちょっと心配になった。

「……沙界さん？」

「……」

反応なし。

「あのー？」

「……ははっ」

あ、笑った。

「ハハハっ」

「えーと……」

「ハハハハハハハハハッ!!」

：リーマン!?

：うおっ!?

：急に高笑いしだしたぞ!?

：これもしかしなくても壊れた？

：ヤバいぐらい笑ってる

：大丈夫なんこれ……？

：まさか美味すぎて……？

：ええ、怖っ

：大爆笑、いや哄笑《こうしょう》？

：笑えるぐらい美味かったと？

お、おう……。いやはや、さすがにこの反応は予想外。いや、配信画面では満面の笑みの立ち絵と、沙界さんの笑い声しか乗ってないんだけどさ。

こっちはもっと凄い。椅子に寄りかかって、目を片手で押さえて、もう片方の手で太ももをバシバシと叩《たた》いている。そこにプラスでこの高笑いだ。

端的に言ってテンション爆アゲ。最高にハイってやつ。しかも直前まで無言だったから、余計に落差というか、高低差が酷い。

「ハハハッ！　いや、これ、アハハハッ!!　もう、ダメだこれ！　ダメですよコレは……!!」

「笑《わら》い茸《たけ》かなんか食ったんかってレベルで笑ってるなぁ……」

：本当に大丈夫なんかこれ……？

：リーマン大歓喜やん

：ちょっと心配になるレベルで笑ってるんだけど……

：草

：おいお前が言うかそれ!?

：完璧に飛んどる

：山主さん!?

：それだけ美味しかった、ってことぉ……!?

：元凶が引いてんじゃねぇぞコラ！

：草

：ヤバないこれ？

いやだって、ここまでぶっ壊れるとは思ってなかったというか……。

「それほどなんか……」

とりあえず、俺もソーセージをパクリといってみる。……ふんふん。なるほど、なるほど。

まず最初。口の中に広がる、いや口から溢れるレベルの肉汁の洪水。それと同時にガツンと脳内に響く旨味の暴力。

次。圧倒的な肉の歯応え。噛みきれないとか、そういうのはない。むしろ柔らかいだろう。だが存在感は桁外れ。和牛のような蕩《とろ》ける感じではなく、分厚いアメリカンなステーキを食い千切ったかのような満足感。

そして最後。肉そのものの旨味。これに関してはシンプルだ。膨大な量のただひたすらに美味い肉を、ギュッと一口の中に凝縮したかのような。圧倒的な肉の旨味。これに尽きる。

この三段階のプロセスが、刹那の間に通り過ぎる。そして噛む度に繰り返される。

「……あ、これはダメだ」

駄目だ笑うわ。こんなんそりゃ笑うわ。食レポなんてマトモにできんよ。少なくとも沙界さんには。

俺はまだアレだ。ダンジョン産の食品には慣れてるし、人としての根本的なスペックが違う。だから何が起きたかを把握できる。

舌から伝わり、脳で炸裂するシグナルの暴走。俺ですら把握はできても、わざわざ言葉に直そうとは思えないほどに圧倒的な旨味の暴力。

普通の人間である沙界さんが笑うのは当然。笑うしかできないのが当たり前で、むしろ合間合間になんとか言葉を挟んでいるプロ意識に脱帽してしまう。

「クックックッ……！　いやはや、なるほどねぇ。人間ってキャパ超えると笑うしかできないんだよ。あー、ひっさびさだよこの感覚ぅ……!!」

「ハッハッハッ！　アッハッハッハ!!」

：山主さんまで笑ってら

：そんなに美味いってことなのかしら……

：くそぉ気になるぅ！

：マジで具体的に食レポしてほしい

：完全に参ってる感じじゃん

：笑い方カッコイイなオイ

：下手な食レポよりよっぽど美味そう

：ガチって感じがするなぁ

：漫才見てるリアクションなんだよなぁ

：食レポしてくれぇ！

：キマッとるやん

もう一口。さらに一口。そのたびにどうしようもなく笑ってしまう。ああ、こりゃ完敗だ。少なくとも、配信者として完敗だ。

トークなんて無理だわこんなの。食って笑うしかできないわ。いやマジでさ。ディップ用のアレコレすら付ける気にならんもん。それすら手間に思えるレベル。素の味だけで食い尽くしてしまいそうだ。

だが同時に忘れてはならないものがある。ディップはともかく、テーブルにはソーセージと同じぐらい魅力的な竜王の酒がある。

「っぁぁ……！　沙界さん、ちょっと一回こっち行きましょう。次はこっちの酒飲みましょう」

「っ、失礼しました。そうですね……！」

ソーセージにかぶりつき、酒で喉を潤すマリアージュ。それを逃してはならないと、なんとか沙界さんを正気に戻す。

そして互いにグラスを掲げる。ここから先は最小限に。交わす言葉はたった一つ。

「「……乾杯!!」」

グラスをぶつけ、グビリと一口。喉を鳴らして酒を呷《あお》る。

「「っ、アッハッハッハッハッ!!」」

そして笑う。これでいい。コレだけでいい。

数多《あまた》の果実の芳醇な旨味が脳を蕩《とろ》かし、強烈なアルコールが喉を焼く。飾ろうとすれば万の言葉で彩れる至高の美酒。

だがいらない。そんなものはいらない。感想なんて美味いの一言で十分だ。膨大な賛美より、混じり気のない笑い声こそがこの場において相応しい。

「ハッハッハッ!!」

「……ああ」

——沙界さん。俺は、あなたのその反応が見たかったんだ。

CHAPTER 06

OSHI NI SASAGERU DUNGEON GOURMET
Volume_02

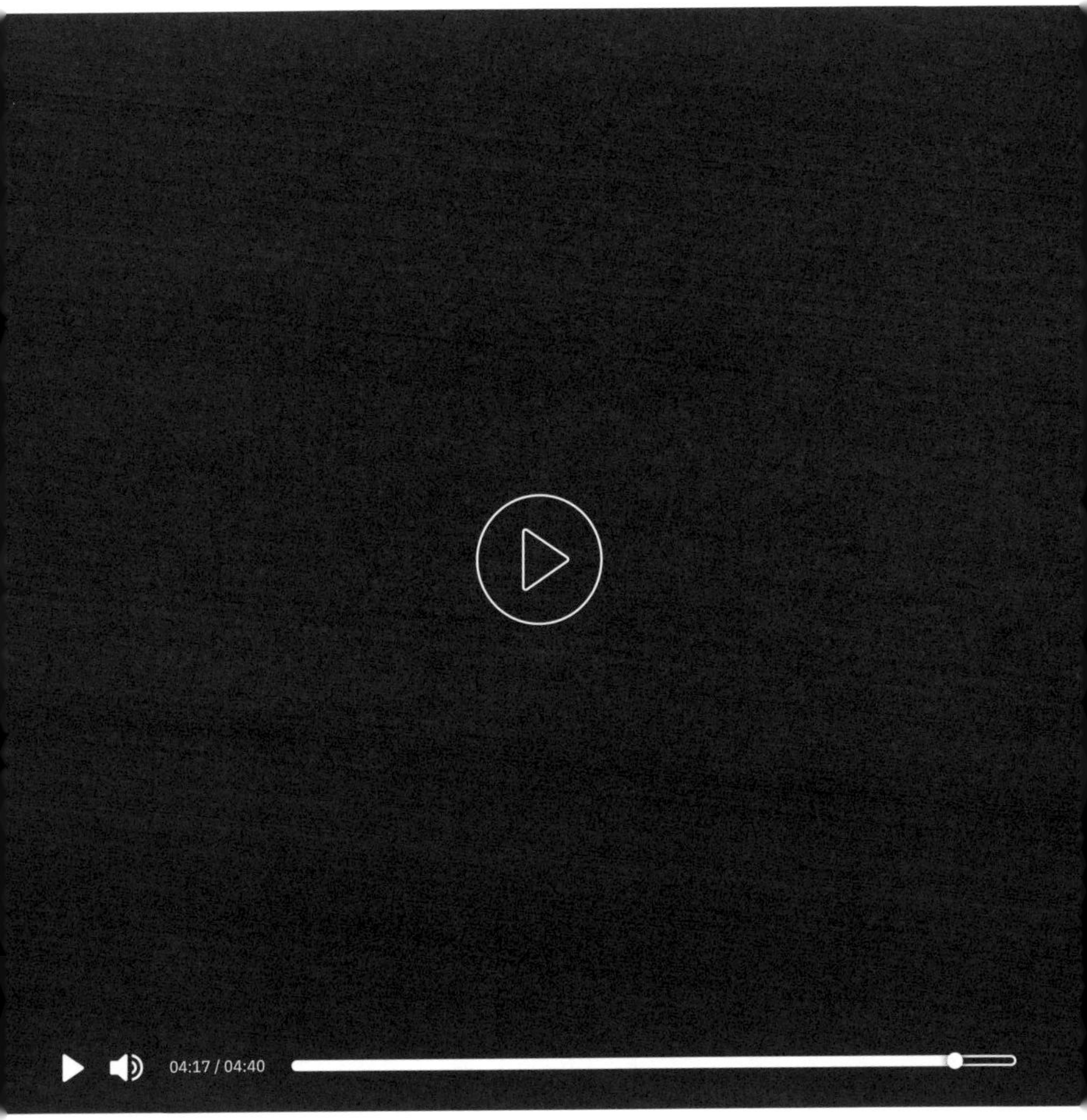

エピローグ

A strong explorer debuts as a streamer and
aims for a gourmet collaboration with his admirer.

CHAPTER 06

エピローグ

——笑いあり、涙なし、感動ありのコラボ配信が終わり。余韻に浸って、一眠りして、イベントを完全に消化して今。

「劇場版、完って感じ……」

なんかすべてをやりきった感が凄《すご》くて、大変満足しております。

「あー。やっぱり沙界《しゃかい》さん最高だったわ。あの高笑いを生で体験できただけで、今までの苦労が報われた気がする。……苦労らしい苦労なんてしてないけど」

ま、それはさておき。これにて一段落。当初の目的は完遂したわけだが、この先はどうするべきか。そこが悩みどころだ。

VTuberとして活動する前は、コラボさえ達成できたら、趣味ぐらいの範囲に活動頻度を落とそうと考えていた。

しかしながら、デンジラスの一員としてデビューした以上、そうした手抜きは許されない。男性ライバーのプロデュース成功例として、しっかりと活動することが採用の条件であったから。

数字という面では、すでにプロデュースは成功しているとは言えるが。さすがに期間の面ではまだまだ短い。

だからこそ、まだまだ活動頻度を落とすわけにはいかない。最低でも数年は維持するべきだろう。

まあ、その辺りの裏事情を抜きにしても、だ。すでに俺の中では、ライバー活動は趣味のカテゴリーに入っている。

それに加えて、沙界さんを筆頭に、一般人時代に配信を楽しんでいたライバーの方々との繋《つな》がりもできたのだ。

となれば、当初の目的を達成したとはいえ、活動を縮小していく理由などないだろう。

「……まあ、近い内に違う理由で控えることにはなりそうだけど」

だがそれは、配信者としての理由ではないので脇に置く。あの悪巧みは確かに『山主《やまぬし》ボタン』の名を活用するが、その本質はVTuberではなく探索者。夜桜猪王《よざくらししお》の領分である。

なので今は除外。それ関係は抜きに、ライバーとしての思考に戻す。

「とは言え、VTuberとしての目的かぁ……」

うーむ。実に悩ましい。目的というのは大事だ。だからこそ、掲げる内容は吟味したい。

目的があるから邁進《まいしん》できる。邁進するから成長できる。脇目も振らずに突き進んでこそ、人は力を発揮できる。

ダンジョンに浪漫《ろまん》を求めたから、俺は馬鹿みたいに強くなった。VTuberとして推しとの交流を求めたから、俺は世間一般的に非常識な手を打てた。

もちろん、惰性が悪いとは言わない。少なくとも俺の場合、探索者としても、VTuber

としても、漫然と活動しても問題ない実力をすでに備えている。

だから駄目とは言わない。強いて言うのならば……そう、もったいない。もったいないのだ。せっかくここまで築き上げたのだから、それらを活用しないでダラダラ続けるのは、って感覚だ。

上昇思考、というわけではない。結局のところ、これはもったいない精神というやつなのだろう。実際問題、『山主ボタン』という存在は、VTuberの中でも特異な立ち位置にいるという自負がある。

VTuber、いや配信者としても最上位の数字。ファン層はサブカル分野に留《とど》まらず、世界規模で認知されている。

ついでに活動資金は際限なく、所属している国の公的機関からは非公式のバックアップが保証されており、自画自賛になるが物理的にも滅法強い。

言ってしまえば、大抵のことはできるのである。もちろん、表に出ている身分がVTuber、一種の人気商売であり、企業に所属している以上は、ある程度の縛りは存在する。——だがそれを抜きにしても、活用しないのは惜しいと思えるほどの影響力があるのだ。

「どうせなら、いろいろとハジケたいよなぁ……」

自分の中に確実に流れている、愉快犯としての血が騒ぐ。一人のVTuber好きとして、この業界に面白おかしい爪痕を残したい。

もちろん、功名心からの願望ではない。すでにVTuberの歴史に、俺は名を刻んでいるであろうから。俺の存在は脇に置いといて構わない。

「……あー、そうか。そうだ」

今この瞬間、ストンと胸の内に落ちてきたものがあった。思い出した。思い出したのだ。

俺がVTuberを目指した切っ掛けはなんだ？　――推しであるリーマン、いや沙界さんが、ダンジョン産の食材を食べて感動したと話していたからだ。それに対し、より凄いものを振る舞いたいと思ったからだ。

つまるところ、推しに貢ぎたいという感情がすべての始まり。関わりたいのではなく、貢ぎたいというのがミソだ。

別に感謝などいらない。ただ俺は心の赴くままに貢ぎたい。それ以外は求めない。……まあ、あえて見返りを求めるのなら、貢がれたことでアタフタしてほしい。その姿を見せてほしいというぐらいか。

まあ、分かりやすく言ってしまえば、無限に赤スパを投げつけたいというファン心理である。それが行きつくところまで行った結果、VTuberになったのが俺だ。

「つまり目的の軸に据えるべきは『推し』か……？」

結局のところ、俺はVTuberではあるものの、根っこの部分は一人のVTuber好き。ならば主軸となるのは、自分ではなく他のVTuberだろう。

うーむ。最推しの沙界さんに全力で貢ぐか……？　いや、今更それは目標にするようなことではない。すでにパイプが存在する以上、いつでも貢ぎ物で殴りつけることはできる。ならば貢ぎ物以外、具体的に言うとコラボなどによる数字の提供だが、キャリアにおいて完全に目上の相手に何様だという話になる。

そもそも俺が特殊なだけで、沙界さんはVTuber界隈《かいわい》においては大物も大物だ。数字に必死になるような立場ではない。

「なら他の推しか……？」

んー……これまた悩ましい。いや、好きなVTuberは結構いる。事実として、俺がチャンネル登録をしているVTuberはかなりの数が存在している。

だが『この人は推し！』とまで断言できるかと問われれば、首を傾《かし》げざるを得ないというのが正直なところ。

興味のある企画ならライブ視聴するが、そうでなければ切り抜きに走ってしまうことも多いのだ。……VTuber好きを自称しておいて恥ずかしいことだが。

だが実際、仕方ないことではあるのだ。人間、割けるリソースはどうしても限りがある。名のあるVTuberだけでも大量に存在している現状、一枠で数時間がデフォの配信など、アーカイブを掘るにしても限界があるわけで。

ぶっちゃけてしまえば、マトモに追えるVTuberなど片手の指以下というのが現実。そして俺の場合、その限られた枠にいるのが沙界さんであり、それ以外のVTuberは頭一つ分優先度が下に設定されているのである。

「かと言って、雷火《らいか》さんや天目《てんもく》先輩たちは、またちょっと違うしなぁ」

沙界さんと同じ、というか別枠で優先度が設けられているのが、デンジラスの面々である。

彼女らは『推し』とかそれ以前の存在——同僚だ。大切な仲間である以上、共に高め合うのは当然のこと。故に、貢ぐというファン心理の対象にはならない。

何かあれば全力で手助けするのが前提にある以上、目標に絡ませるには不相応だろう。

「……いっそのこと、新しい推しでも見つけるか？」

貢ぎ甲斐《がい》のある相手を、新たに発見する。その上で、札束で、企画で、数字で殴りつける。そして狼狽《うろた》えさせる。

「——アリな気がしてきた」

なんかアレだ。ティンときたかもしれない。そうだそうだ。わりとコレは面白いのではないか？

相応《ふさわ》しい推しを見つけて、貢ぐ。貢ぎまくる。動揺して、恐《おそ》れ慄《おのの》く姿を堪能する。……実に楽しそう、いや愉《たの》しそうではないか。

「となると、焦点を当てるべきは……個人勢とか、燻《くすぶ》っているライバーたちかな」

有名どころはすでにチェックしているし、ある程度知名度のある人は直接コラボする方が早い。直接人となりを確認できる手段があるのなら、そっちの方がより精度も高いだろう。だから有名どころは一旦後回し。

対して、あまり知名度のないライバーたちはどうだ。彼ら彼女らは、リスナーという限られたパイを日夜奪い合う熾烈《しれつ》な生存競争の中にいる。

それがどれだけ過酷な世界か。少なくとも、デビュー前の俺が躊躇《ためら》うレベルにはキツイ世界である。

当然、そこにいるVTuberたちは不安定だ。いつ消える、引退してもおかしくない。その中には、俺のアンテナにヒットする原石もいるかもしれない。知名度が低いからこそ、目に留まってないなんてことは断然あり得ることだ。

この業界には『推しは推せる時に推せ』なんて言葉もある。本来、VTuberはそれぐらい消えやすいのだ。人気商売だからこそ不安定で、不安定だからこそメンタルに悪い。

趣味として続けるにも覚悟がいるのがVTuber。だからこそ、苛烈な世界で必死に足掻《あが》く輝きを見つけた時の感慨はひとしおだ。

ましてや、自分好みのVTuberを見出《みいだ》して、金と企画と数字で殴れるとなれば。それを切っ掛けに人気ライバーにまで引き上げることができれば。後方師匠面ができれば最高だろう。

「つまるところ、VTuberの足長おじさんか?」

……いや、そんな上等な存在でもないか。もっと俗物的だ。身も蓋もない言い方をすれば、アイドルもののソシャゲのプレイヤーを、現実でやろうとしているのだから。

だがま、それも悪いことではないか。俺は推しに貢げてハッピー。相手はVTuberとして活動する上での活力を貰《もら》えてハッピー。

別に変な要望を挟む気などないし、関係性としては清く正しいウィンウィンなものを目指すし、問題なかろう。

そもそも、スタジオを買った時から似たような計画は密《ひそ》かに練っていたわけで。その延長で動いてしまえば……うん。いける気がする。

「ま、何はともあれ活動しながら推し探しだな。そんでよさそうな相手が見つかれば……」

――その時は新しい推しとして、ダンジョン産の美味《うま》いもんでも振る舞ってあげようじゃないか。

APPENDIX

OSHI NI SASAGERU DUNGEON GOURMET
Volume_02

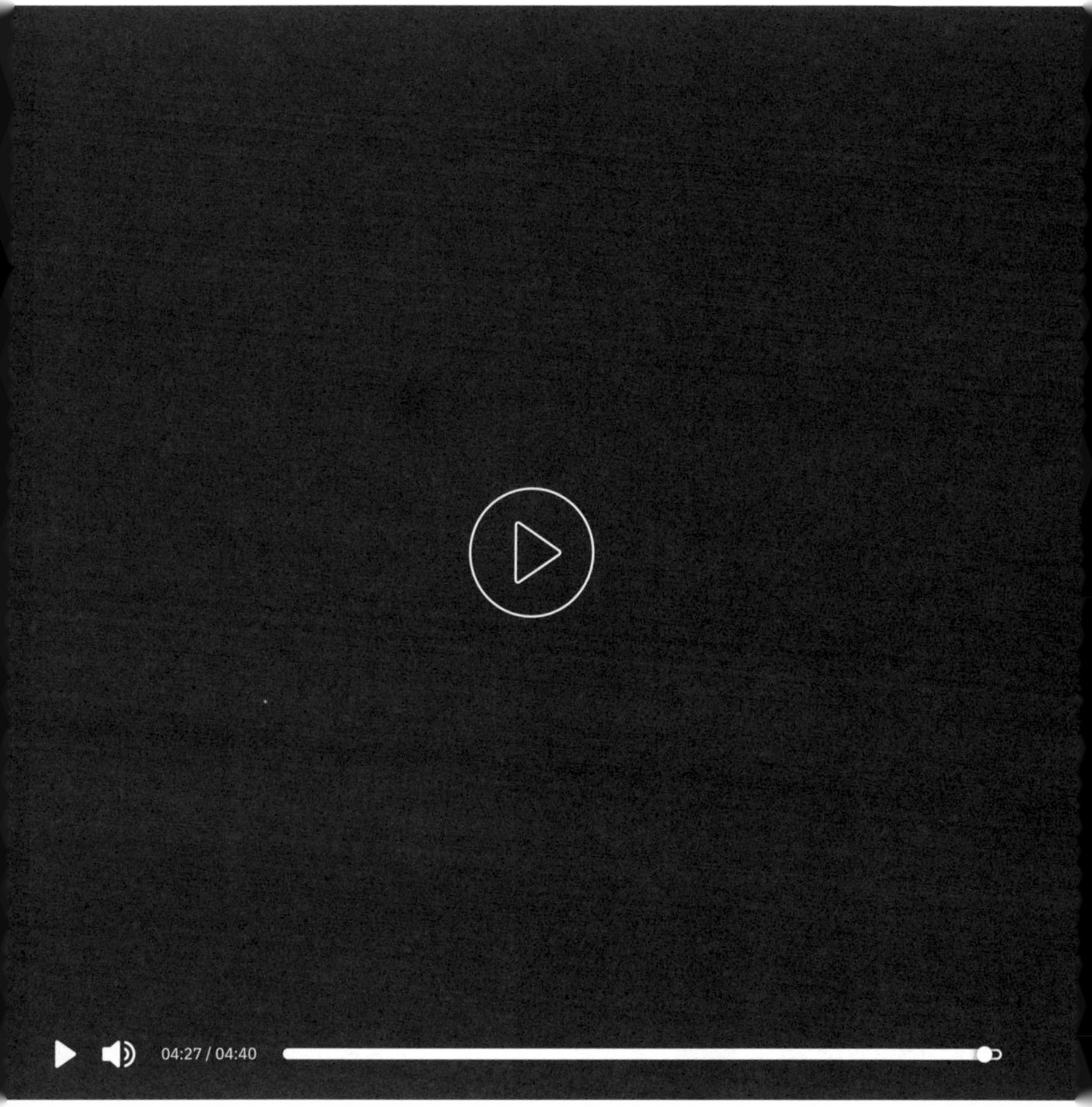

巻末特集

**A strong explorer debuts as a streamer and
aims for a gourmet collaboration with his admirer.**

CHARACTER PROFILE_04

藤宮清隆

>FUJIMIYA KIYOTAKA

PROFILE

大人気男性ライバー沙界ジンの魂(中の人)。本体は良識に溢れ、礼儀正しい社会人然とした成人男性。

だが趣味嗜《し》好《こう》は少年寄りで、いつまでも童心を忘れない。長身で柔和な雰囲気を持つナイスガイ。

沙界ジン

>SYAKAI JIN

□ PROFILE

大手VTuber事務所【ばーちかる】に所属する、チャンネル登録者数56万人の大人気男性ライバー。

ガワは、モチーフが『社会人』であるためスーツでメガネといった清潔感がある容姿となっている。落ち着いた雰囲気や、礼儀正しい良識ある人柄とトークが人気。

CHARACTER PROFILE_05

常夏サン

>TOKONATSU SAN

PROFILE

デンジラスの一期生。

天目一花の同期であり、事務所の古参ライバーの一人。チャンネル登録者数は約11万人。

ガワは活発な雰囲気をもった、運動部系の女学生モチーフとしており、リアルもアクティブなタイプでアウトドアを趣味としている。

快活な人柄なので誰彼構わず絡めるがサブカルはそこまで詳しくない。

CHARACTER PROFILE_06

此方ソナタ

>KONATA SONATA

PROFILE

中堅事務所【ぶいビット】所属のベテラン女性VTuberで、チャンネル登録者数は約26万人。

業界初期から活動していたベテランであり、人気の秘訣は流れるようなトーク術。そのため、大型コラボなどでMCをよく務めている。

ガワは音符の髪飾りとふわふわドレスを着た歌姫をイメージとしたデザイン。可愛い容姿に反してファンからは「姉御」と呼ばれるほどに竹を割ったような思い切りのよい口調と、面倒見のよい人柄である。

CHARACTER PROFILE_07

鳥羽クロウ

>TOBA KUROU

PROFILE

黎《れい》明《めい》期から活動する無所属の個人勢VTuberで、チャンネル登録者数は32万人。

活動ネームの由来となっているほど自他ともに認める賭博好きで、基本は負けの雨嵐に、たまに大勝の晴天を勝ち取る天性のエンターテイナー。ファンもその謎に自信のある勝負師姿に惚れて(怖いもの見たさ)で付いてきている。

ガワは天狗をモチーフ。ソナタとはよくコラボするほど付き合いが長く、よく怒られるほど仲がいい。

CHARACTER PROFILE_08

根角チウ

>NEZUMI CHIU

□ PROFILE

ガチ恋勢すら存在する無所属の個人勢バ美肉系VTuber。

チャンネル登録者数は約35万人で、その半数以上は男性ファン。

言動がリアルの女子より女子力が高いという評判を持つ魔性のバ美肉。男性であることも公表をしているがあまりの女子力にリアル女子疑惑も出ているが、本体は普通に成人男性。

ガワはネズミの特徴をもった小柄なケモ耳美少女をイメージしている。

ATOGAKI

どうも。お久しぶりの方はお久しぶり。初めての方は初めまして。モノクロウサギでございます。

運が良いことに二巻を出すことに成功した本作ですが、これもひとえにWeb版から評価してくださった方々を始め、一巻を購入していただいた読者の皆様方のおかげ。厚く御礼申し上げます。

……まあ、堅苦しい挨拶はこれくらいにいたしまして。いやー、書籍化って凄いですよね。てか、感動しますよね。それを改めて実感した作者でございます。

というのも、アレです。表紙です。表紙のあの子。常夏《とこなつ》サンちゃん。あんな『新ヒロインでござぇます』って雰囲気漂わせて、ガッツリ表紙に顔を出していたわけですが。

Web版だと、今のところ名前と配信中のコメントでしか登場してない、言い方は悪いですがちょい役もちょい役なのです。……まあ、後々で活躍するかもしれないので、完全なモブと呼ぶには語弊があるのですがね？

ただそれでも、出番が少ないことには間違いないわけで。それがあんな立派な、それでいて超キュートなキャラデザをいただけたわけです。凄くないですか？

もちろん、これは常夏サンだけに当てはまることではありません。特に今回は多くの新キャラが登場、デザインが与えられました。

こうやって自分で生み出したキャラクターが、イラストレーター様の手によって肉付けされるこの感覚。作者としては感動もひとしおなわけですよ。

キザな表現をすると、世界が色付き、より作品のイメージが拡《ひろ》がっていくような歓《よろこ》びを覚えてしまいます。

ある意味、これこそが書籍化する上での醍醐味《だいごみ》なのではないかと、若輩者ながら思う次第です。

ま、そんなわけで。この感動を運んでくださった皆様には、感謝してもしたりないです。しかし、皆様への深い感謝があると同時に、私って強欲な人種だったりするので。もっとこの感動を体験したいなとも思ってしまうのです。

つまるところ催促です！　何か良い感じのことを言おうとした雰囲気を漂わせておりましたが、実際は超俗っぽいお願いです。

この『あとがき』を読んでいる時点で、皆様は本作をお買い上げいただいているとは思っておりますが……。その上で是非とも、現実やネットのお友達などにもお薦めしていただけるととても嬉しいです！

めっちゃ生臭いことを言いますが、売れれば売れるだけ続刊が出るようになりますからね。あと私の懐も潤います。……もちろん、コレは堅苦しくなりすぎないためのウィットに富んだジョークというやつです。

まあでも、続刊が出ればそれだけ物語の世界がドンドン拡がっていくのは事実。となると、やはり作者としては購入してくださり、楽しんでいただいている方のためにも続巻を願わずにはいられません。

ATOGAKI

特にこの二巻はアレです。タイトル回収しちゃいましたし……。ある意味で一区切りが付き、物語が次のフェーズに進む段階になります。

実際、Ｗｅｂ版を読んでくれている方々ならご存知だと思いますが、本書の三章以降から世界観に対する設定などがドンドン描写されていきます。

そういう意味でも、やはり作者としてはここからかな、って感覚がありますね。書籍で新たな展開をイラストと共に読んでいただけたらとても嬉しいなってね。……あとお金も入ってきて嬉しい（ウィットに富んだジョーク再び）。

是日、お友達にもご紹介してくださるとより頑張れる活力にもなるので、よろしくお願いします！


――さて。もうお気付きの方もいるかもしれません。私が語りのネタ切れであることを。

だってしょうがないじゃないか！　具体的な数字はぼかしますけど、『折角ですし。あとがき、いっぱい書いて（要約）』ってオーダーきちゃったんだから！

本当ならね？　関係者、読者の皆様に対する感謝の言葉と、二巻制作にあたっての感想とか書いて、〆にする予定だったの！

でもそうはイカのなんとやらですよ！　それじゃあ明らかに分量が足んねぇんだもん！　ならネタかおねがい♡　を混ぜるぐらいしかないじゃんか！

そもそも作家からの感想といっても、読んでわかってもらえるものをここで語って面白みがあるものか……（苦悩）。
その結果がこれ！　これでもわりと苦肉の策だよ！　別に編集さんとかに文句はないけどね!?　単純に作者側の引き出しの少なさが露見してるだけだけどね!?
それでもやっぱさぁ……もう、ね!?　この際だからと開き直った内容にしたほうがまだ面白みがあると思うじゃない？

と、言っている間に文字数が……！（歓喜）
ちなみに、二巻が刊行されるころには「推しにささげるダンジョングルメ」のコミカライズ情報も一部解禁されているころかなと思います！
そちらの情報もお楽しみにー！

さて、長々と語り倒しましたが。偏《ひとえ》に二巻が出せたのはこれを読んでくださっている皆様のおかげです！　本当にありがとうございます。
また、イラストレーターのクロがねや様、装丁をしてくださったデザイナー様、校正者様、印刷会社様。ありがとうございます。携わってくださった方々に感謝を込めて。

二〇二四年六月　モノクロウサギ

著

モノクロウサギ

主にカクヨムに生息するげっ歯類。
天敵はレシート整理と確定申告。
最近新たにインボイスという天敵が加わりそうで震えている。

イラスト

クロがねや

毎日料理をしながらイラストレーター活動中。

推しにささげるダンジョングルメ
最強探索者VTuberになる
02

推しにささげるダンジョングルメ 02
最強探索者VTuberになる

2024年6月28日　初版発行

著　モノクロウサギ
イラスト　クロがねや

発行者　山下直久
編　集　ホビー書籍編集部
編集長　藤田明子
担　当　野浪由美恵
装　丁　騎馬啓人（BALCOLONY.）

発　行　株式会社KADOKAWA
〒102-8177 東京都千代田区富士見2-13-3
電話　0570-002-301（ナビダイヤル）

印刷・製本　図書印刷株式会社

●お問い合わせ
https://www.kadokawa.co.jp/（「お問い合わせ」へお進みください）
※内容によっては、お答えできない場合があります。
※サポートは日本国内のみとさせていただきます。
※Japanese text only

定価はカバーに表示してあります。

本書は、カクヨムで掲載された「推しにささげるダンジョングルメ～最強探索者VTuberになる～」に加筆修正したものです。

ISBN978-4-04-737992-3　C0093

OSHI NI SASAGERU
DUNGEON GOURMET
VOLUME_02